W0109093

RAM OREN
Apfelsinen aus Jaffa

RAM OREN

Apfelsinen aus Jaffa

ERZÄHLUNGEN

BRUNNEN
Verlag Giessen · Basel

Internationale Rechte © 2012 Ram Oren

Aus dem Hebräischen ins Deutsche
übersetzt von Elisabeth Hausen

© der deutschen Ausgabe
Brunnen Verlag Gießen 2012
www.brunnen-verlag.de
Umschlagfoto: Dominos/photocase
Umschlaggestaltung: Olaf Johannson
Satz: DTP Brunnen
Druck: CPI – Ebner und Spiegel, Ulm
ISBN 978-3-7655-1234-6

Inhalt

Die Schuld

Unter den Buchbindern von Kischinjow (es wird uns für immer unmöglich sein, ihre genaue Zahl zu wissen) war mein Vater nicht nur als besonders anständiger Mann bekannt, sondern auch als Mann mit Visionen, für den der Zionismus die Luft war, die er atmete. Er las und schrieb auf Hebräisch und kaufte mit seinem letzten Geld Apfelsinen aus Jaffa und Fotoalben aus Jerusalem. Zwischen der Arbeit an dem einen oder anderen Band ließ er den Blick seiner blauen Augen zu den Rändern des trüben Horizonts gleiten, hinter dem in der Ferne, im Schwarzen Meer, die Schiffe Kurs auf Eretz Israel nahmen.

Sein großer Traum weigerte sich jedoch, in Erfüllung zu gehen, weil sich die Briten mit kühler Gleichgültigkeit jahrelang weigerten, ihm eine Einreisegenehmigung ins Land zu erteilen. Aber mein Vater, der neben all seinen Vorzügen auch ein großer Sturkopf war, bestach, wen er bestechen konnte, bat eindringlich, wen er bitten konnte – und schaffte es schließlich, sich in eine Auswahl jüdischer Sportler von „Makkabi Kischinjow" einzuschleusen. Diese Gruppe hatte die Genehmigung erhalten, an der „Makkabiade", den jüdischen Weltspielen, in Tel Aviv teilzunehmen. Der Wahrheit halber muss gesagt werden: Mein Vater war noch nie über kurze oder lange Distanzen gelaufen, er hatte weder einen Speer noch eine Eisenkugel geworfen, wie er sich auch mit keiner anderen Sportart befasst hatte. Um die Organisatoren der Gruppe nicht in Schwierigkeiten zu bringen, und vor allem nicht sich selbst, verschwand er am Tage, an dem die Wettkämpfe im Stadion an den Ufern des Jarkon begannen, mietete einen alten Laden an der Grenze zu Jaffa, brachte daran ein hebräisches Schild mit seinem Namen an, krempelte die Ärmel hoch und wandte sich wieder der Buchbinderei zu. Nach Kischinjow kehrte er nie mehr zurück.

Meine Mutter kam aus der Ukraine im Rahmen einer Familienzusammenführung ins Land. Sie hatte einen hellen Zopf, der um ihren Kopf gewunden war, und liebte klassische Musik. Eines Abends saß sie in der Oper „La Traviata" zufällig neben meinem Vater und staunte wie er über die Nachtigallenstimme der amerikanischen Sopranistin Edis de Philippe. Aus der Vorstellung gingen sie gemeinsam hinaus und mein Vater begleitete sie zum Haus ihrer Familie.

Nach einer gewissen Zeit heirateten sie, putzten das Dachgeschoss der Buchbinderei, das vor allem zum Lagern von Papier und als Unterkunft von Mäusen diente, und verwandelten eine Ecke darin in ihre Wohnung. Die beiden waren arm und elend. Als meine Mutter arbeiten gehen wollte, wurde ihr klar, dass sie mich in ihrem Leib trug. Aus verschiedenen Gründen war ihre Schwangerschaft kompliziert und sie musste liegen.

Mein Vater war bereit, große Schulden zu machen, wenn nur meine Mutter die beste ärztliche Behandlung erhielt. Er fuhr mit dem Bus zum Haus des Tel Aviver Gynäkologen Professor Erwin Rabau, der sich einen guten Ruf im Land und sogar in den Nachbarländern erworben hatte. Eindringlich bat er den berühmten Arzt, zu einem Hausbesuch zu kommen, weil meine Mutter nicht zu ihm gehen konnte.

Das war eine ganz und gar nicht einfache Bitte. Erstens, weil der verehrte Professor, ein

Jecke[1] mit einem schwerfälligen deutschen Akzent, zu beschäftigt war, um zu den Häusern seiner Patienten zu fahren. Zweitens, weil der Süden der Stadt damals als gefährlich bekannt war. Banden von aufgehetzten Arabern aus Jaffa überfielen fast jeden Tag Häuser und Geschäfte von Juden, zerstörten sie, legten Feuer oder überfielen Menschen. Der Professor hatte also zwei gute Gründe, nicht zu kommen, aber, Wunder über Wunder, er kam. Die britische Polizei eskortierte seinen Ford bis zum Eingang der Buchbinderei.

Professor Rabau war mit einem teuren Anzug bekleidet und verbreitete den Duft eines auserlesenen Parfüms, der den drückenden Geruch des Leims und des Papiers aus dem Laden vertrieb. So stieg er auf den wackligen Holzstufen ins Dachgeschoss hinauf. Soweit ich mich erinnere, befand sich die Treppe immer im gefährlichen Halbdunkel. Im Zimmer, neben dem Fenster, bemerkte er einen großen Wasserkessel, der über einem brennenden Campingkocher hing.

Meine Mutter, die daneben lag, erklärte ihm, dass mein Vater und sie das kochende Wasser

---

[1] Als „Jecken" bezeichnen Israelis aus Deutschland eingewanderte Juden.

normalerweise auf Leute gössen, die versuchten, in das Geschäft einzubrechen. Der Arzt war erschüttert und rief auf Deutsch: „*Mein Gott!*"

Er untersuchte meine Mutter gründlich, gab ihr Medikamente und versprach, dass alles gut gehen würde. Als mein Vater ihn bezahlen wollte, ließ er seinen Blick durch das ärmliche Zimmer schweifen, über die fadenscheinige Decke und das alte Eisenbett, auf dem meine Mutter lag, und weigerte sich entschieden, das Geld zu nehmen. Er verlangte auch bei seinen kommenden Besuchen nicht einen Pfennig, obwohl er mehr als einmal sein Leben gefährdete, wenn er zu meinen Eltern kam. Und als meine Mutter niederkam, half er mir mit viel Mühe, gesund und in einem Stück auf die Welt zu kommen.

Meine Mutter drückte müde und schweißnass seine Hand und murmelte „Danke", und mein Vater, der überhaupt nicht religiös war, sagte: „Gott hat Sie zu uns gesandt." Auch für die Geburt weigerte sich der Professor, eine Bezahlung anzunehmen.

Die Jahre vergingen. Meine Eltern zogen in eine richtige Wohnung im Herzen von Tel Aviv. Mein Vater fuhr fort, Bücher in der Buchbinderei an der Grenze zu Jaffa zu binden. Meine Mutter wurde zwei weitere Male schwanger, aber das waren normale Schwangerschaften, ohne Komplikationen, die keiner besonderen ärztlichen Betreuung bedurften. Den Professor, dem ich es verdanke, dass ich lebe und atme, habe ich nie gesehen.

Meine Mutter starb, als ich zweiundzwanzig Jahre alt war. Der Verlust war sehr schwer für meinen Vater. Einige Zeit später hörte er auf, Bücher zu binden, und widmete sich dem, was er wirklich liebte: dem Lesen und dem Aufschreiben seiner Gedanken. Am Morgen las und schrieb er, und am Nachmittag ging er zu einem Spaziergang hinaus, traf Freunde, bestellte Café au Lait und Apfelkuchen im Café „Ditza" und sehnte sich verzweifelt nach meiner Mutter.

Eines Tages, als er schon fast achtzig war, sah er in der Frischman-Straße einen Greis, der auf dem Bürgersteig gestolpert und aufs Pflaster gefallen war. Mein Vater eilte ihm zu Hilfe. Als er den Mann auf die Füße gestellt hatte, schauten die beiden einander an und ein Blitz ferner Erinnerung zuckte in ihren Augen.

„Wie geht es dem Jungen?", fragte der Professor.

„Sehr gut, mein Herr."

„Was macht er?"

„Er schreibt Bücher."

„Entschuldigen Sie … Ich schäme mich so sehr, dass ich es bis heute nicht geschafft habe, auch nur ein einziges Buch auf Hebräisch zu lesen, nur auf Deutsch …"

Mein Vater antwortete mit einem verständnisvolles Lächeln. „Und wie geht es Ihnen?", fragte er.

„Sie sehen, man wird alt …"

Der Professor war wirklich nicht in bester Verfassung. Sein Körper war gebeugt und seine Schritte waren unsicher. Mein Vater nahm ihn am Arm und begleitete ihn zu dessen prächtigem Haus. Auf dem Weg bekannte ihm Professor Rabau, wenn er etwas bedauere, dann die Tatsache, dass er niemanden habe, mit dem er reden könne.

„Wenn das so ist", sagte mein Vater, „komme ich auch morgen."

Und er hielt sein Versprechen. Am nächsten Tag kam er und nahm den Greis zu einem Spaziergang in die Stadt mit, als wäre es schon immer seine Gewohnheit gewesen. Arm in Arm schritten die beiden stundenlang dahin, in Gespräche über Politik, klassische Literatur und Musik vertieft. Sie tranken Kaffee und aßen Apfelkuchen.

Als sie sich verabschiedeten, meinte der Professor: „Es war wirklich sehr angenehm, schon lange habe ich nicht mehr in dieser Weise mit jemandem gesprochen."

„Wir sehen uns morgen wieder", sagte mein Vater.

„Nein, nicht nötig. Das ist sicher eine große Mühe für Sie …"

„Das ist keine Mühe, mein Herr. Ich werde jedes Mal zu Ihnen kommen, wenn Sie es möchten."

Der Professor bestand darauf, seinen neuen Begleiter zu bezahlen. Er wollte ihn für die Zeit entschädigen, die mein Vater ihm widmete. Mein Vater unterbrach ihn und sagte, dass er nicht im Traum daran denke, auch nur einen Pfennig anzunehmen. Als der Professor fragte, warum, antwortete mein Vater aufgeregt: „Weil ich niemals zurückzahlen kann, was ich Ihnen schulde."

Bis Professor Erwin Rabau das Zeitliche segnete, zahlte also mein Vater seine Schuld in Raten ab: Mit unendlicher Hingabe half er dem alten Mann, ging mit ihm spazieren, nahm ihn als Gast bei sich auf und las ihm Bücher auf Hebräisch vor (auch diejenigen, die ich geschrieben hatte). Bestimmt finden sich noch Menschen, die sich an die beiden alten Männer erinnern, wie sie langsam, langsam auf den Bürgersteigen der Stadt dahinschritten, einander stützten und Erinnerungen an längst vergangene Zeiten und Leute aufleben ließen.

Liebesbriefe

Das Gefühl einer quälenden Last, das die Rechtsanwältin Miri Alon seit Wochen begleitete, verstärkte sich, je mehr sich ihr Auto dem Gerichtsgebäude näherte. Angefangen hatte es an dem Tag, an dem der Prozesstermin und der Name des Vorsitzenden Richters festgesetzt worden waren. Eigentlich hätte ihr erster Fall als selbstständige Anwältin ihr Freude und Genugtuung bereiten müssen. Vier Jahre lang hatte sie als Staatsanwältin davon geträumt, sie hatte auf den Tag gewartet, an dem sie als Verteidigerin im Gerichtssaal erscheinen würde. Nicht mehr eine Anklägerin mit Beamtengehalt und pedantischen Chefs, sondern selbstständige Verteidigerin gut zahlender Mandanten, mit einer gesicherten Zukunft. Ihre wenigen Ersparnisse hatte sie in die Renovierung eines kleinen gemieteten Büros im Herzen der Stadt gesteckt. Ihr Bruder hatte den ersten Mandanten zu ihr geschickt, und sie war gerührt und glücklich, als dieser ihr eine dicke Vorauszahlung auf ihre Honorarrechnung schickte.

Alles schien wunderbar, bis die Lage sich

im unpassendsten Moment ins Gegenteil verwandelte. Warum, fragte sie sich, hatte ihr das Schicksal von allen Richtern des Gerichts ausgerechnet diesen Richter geschickt, damit er in ihrem ersten Fall urteilte? Warum ausgerechnet er? Ihr war klar, dass sie von ihm keine Sympathie erwarten konnte.

Vor dem ersten Verhandlungstag konnte sie die ganze Nacht nicht schlafen. Am Morgen zog sie schweren Herzens das neue dunkle Kostüm an, das sie mit ihrem Abschied aus der Staatsanwaltschaft erworben hatte. Sie nahm die Ledertasche, die sie von ihren Eltern geschenkt bekommen hatte, und stieg in den kleinen alten Fiat, der ihr fünf Jahre lang treu gedient hatte. Ihre Startversuche führten zu nichts, was sie nicht überraschte. Aus ihrer Sicht war es ein zusätzliches Zeichen dafür, dass an diesem Tag alles schieflaufen würde.

Ein Nachbar, der gerade zum Parkplatz des Hauses herunterkam, half ihr, den Wagen zu starten. Zerstreut dankte sie ihm und machte sich auf den Weg zum Gericht. Die Autoschlange bewegte sich nur langsam voran. Ihr Mund war trocken, ihre Kehle ausgedörrt. Plötzlich erinnerte sie sich, dass sie vergessen hatte, Kaffee zu trinken. Ihr Körper lechzte nach Koffein, aber es war schon zu spät, um noch kurz in ein Café zu gehen. Als sie an einer roten Ampel anhalten musste, schaute sie in den kleinen Spiegel. Der Anblick missfiel ihr. Dabei hatte sie sich so bemüht, durch Schminken die Schatten unter ihren Augen zu verbergen. Mit wenig Erfolg, wie sie feststellte.

Wie üblich war sie gezwungen, mehrere Male um das Gerichtsgebäude zu fahren, bis ein Parkplatz frei wurde. Beim Eintreten ins Gebäude zwang sie sich, die Staatsanwälte anzulächeln, die sie kannte und die stehen blieben, um ihr einen guten Morgen zu wünschen. In dem kleinen und engen Aufzug fuhr sie in den vierten Stock und eilte zum Gerichtssaal 404. Schula, die Vertreterin der Anklage, war schon da. Sie hatten lange Zeit gemeinsam im selben Büro gearbeitet, Tisch an Tisch. Jetzt befanden sie sich auf verschiedenen Seiten der Barriere.

Die Staatsanwältin drückte ihr die Hand. „Viel Glück", sagte sie. „Das ist dein erster Fall, stimmt's?"

„Stimmt."

„Du siehst besorgt aus oder kommt es mir nur so vor?"

„Es kommt dir nicht nur so vor."

„Ein schwerer Fall?", versuchte sie zu raten.

„Nicht gerade …" Miri wollte nichts hinzufügen.

Die Staatsanwältin musterte sie prüfend mit einem schnellen Blick. „Gut", sagte sie. „Ich hoffe, das geht vorüber bei dir … Auf jeden Fall, auch wenn man es bei uns im Büro nicht gern hört, was ich dir jetzt sage, ich sag's trotzdem: Mögest du bei deinem ersten Fall gewinnen und wir verlieren …"

„Danke", sagte Miri, und diesmal lächelte sie aus vollem Herzen. „Das ist nett von dir."

❧ ❧

Assaf Jarden stand eine lange Zeit vor dem Kleiderschrank und überlegte, was er anziehen sollte. Wenn er sich zu schick im Gericht präsentierte, würde der Richter darin vielleicht einen Ausdruck von Anmaßung sehen. Aber was, wenn der Richter seine Kleidung als Versuch wertete, Mitleid zu erregen? Er hatte vergessen, seine Anwältin zu fragen, wie er sich an seinem ersten Tag im Gericht kleiden sollte, und jetzt war es schon zu spät, um sie zu kontaktieren. Noch ein oder zwei Minuten zögerte er, dann zog er die schwarzen Alltagshosen an, ein hellblaues Hemd, ei nen dunkelblauen Blazer, ohne Krawatte, und ging aus dem Haus.

Schon ein Jahr war seit dem Tag vergangen, an dem gegen ihn Anklage erhoben worden war, seit dem Tag, an dem seine Ehe erschüttert worden war. Seit einem Jahr lebte er von der Abfindung, die er erhalten hatte, und versuchte vergeblich, einen seinen Fähigkeiten entsprechenden Arbeitsplatz zu finden. Ein einziger Fehler, den er in einer Art Traumleben gemacht hatte, in der Begeisterung unbeherrschter Verrücktheit, hatte dazu geführt, dass seine Frau sich von ihm getrennt hatte, sein Name in der Geschäftswelt beschmutzt war und er immer größere Schwierigkeiten hatte, noch einen neuen Arbeitsplatz zu finden.

Er fuhr mit dem Bus zum Gericht und betrat den Gerichtssaal 404. Miri Alon stand von ihrem Platz auf der Verteidigerbank auf und wandte sich ihm zu. Sie schüttelten einander die Hand.

„Wie geht es Ihnen?", fragte sie.

„Es könnte besser sein. Wie steht's mit Ihnen?"

„Völlig in Ordnung", sagte sie in ermutigendem Ton.

„Ist unser Fall der Erste?", fragte er.

Sie wusste es nicht. „Es hängt vom Richter ab“, meinte sie.

„Wie ist er, gut oder schlecht?“

„Ich hoffe, dass er verständnisvoll sein wird.“

„Was sagt man über ihn? Wie sind seine Strafen? Schwer oder leicht?“

Das Gesetz, wusste er, ließ die Verhängung einer mehrjährigen Haftstrafe für die Übertretungen zu, deren er beschuldigt wurde. Zwei Tage im Gefängnis in Abu Kabir, in dem er nach seiner Festnahme und bis zu seiner Freilassung auf Kaution festgehalten worden war, waren alles gewesen, was er ertragen konnte. Er hatte keinen Zweifel, dass eine längere Haft ihn zu einem Wrack machen würde.

„Ich hoffe, dass der Richter unsere Argumente akzeptiert“, antwortete sie, während ihre Gedanken hin und her wanderten.

Assaf Jarden beschloss, nicht weiter in sie zu dringen. Auch so schien sie ihm angespannt genug.

„Gibt es etwas, das ich wissen muss und worüber wir nicht geredet haben?“, fragte er.

Miri Alon versuchte sich zu erinnern. „Nein. Wir haben schon über alles gesprochen“, sagte sie.

Am Vortag hatten sie die Hauptpunkte seiner Aussage abgestimmt, sie hatte die zu erwartenden Aussagen der Zeugen der Anklage auseinandergenommen und ihm erklärt, was die Verteidigungsstrategie sein würde.

Aber sie hatte ihm nicht preisgegeben, was ihr so viel Sorge bereitete.

❧ ❧

Der Richter des Friedensgerichts Meir Avneri überflog die Fälle, die für jenen Tag vorgesehen waren. In seinem geräumigen Büro, das einen Ausblick auf die schönen großen Wohnhäuser im Norden der Stadt bot, herrschte Stille. Seine Augen überflogen die Anklageschriften. Fünf Strafsachen waren für den Tag anberaumt. Nicht wenig, wenn man bedachte, dass für zwei von ihnen Beweisaufnahmen vorgesehen waren, also Zeugenvernehmungen, bei denen man vorher nie wissen konnte, ob die Aussagen kurz und sachlich oder lang und ermüdend sein würden. Drei andere Fälle waren für die Verlesung der Anklageschrift oder für eine gerichtliche Abmahnung festgesetzt.

Die Namen der Angeklagten, die unter seinem Vorsitz vor Gericht gestellt werden sollten, sagten ihm nichts. Die Geschichten, die sich hinter den Anklageschriften verbargen, schienen diesmal nicht besonders interessant zu sein. Er überflog die Namen der Staatsanwälte und der Verteidiger, und seine Augen weiteten sich vor Überraschung. Er hatte nicht erwartet, Miri Alon hier zu begegnen. Nicht an diesem Morgen und nicht zu irgendeinem anderen Zeitpunkt. Als Vertreterin der Anklage war sie jahrelang nicht in seinem Gerichtssaal erschienen und ihm war klar, dass dies kein Zufall war. Er vermutete, dass sie alles darangesetzt hatte, um nur ja nicht in einem seiner Prozesse aufzutreten. Als sie noch als Staatsanwältin arbeitete, konnte sie sicherstellen, dass man sie nicht zu einem Auftritt in Fällen schickte, die unter seinem Vorsitz entschieden wurden. Als selbstständige Verteidigerin konnte sie aber die Entscheidung der Gerichtsbeamten, vor welchem Richter ihre Fälle geklärt würden, nicht beeinflussen. Jetzt war sie gezwungen zu kommen, und er stellte sich vor, dass ihr das nicht gerade Spaß machte.

Mit einem leichten Schwung schloss er die Akte und stand von seinem Platz am Schreibtisch auf. Der Gleichmut, mit dem er an seine für diesen Tag anstehenden Verhandlungen gedacht hatte, machte einem Sturm in seinem Inneren Platz.

Der Gerichtswachtmeister klopfte an der Tür und der Richter bat ihn herein.

„Genau acht Uhr dreißig, Herr Richter", sagte der Wachtmeister.

In den zwölf Jahren seines Dienstes an diesem Gericht hatte Meir Avneri peinlich darauf geachtet, immer genau pünktlich den Verhandlungssaal zu betreten. Rechtsanwälte, die zu spät kamen, wurden gerügt, mehr als einmal wurde einer von ihnen des Saales verwiesen. Aber heute zog er es vor, etwas länger in seinem Büro zu verweilen. Zumindest, bis er sich beruhigt hatte, bis sein Gesicht nicht mehr verriet, was in ihm vorging.

Der Wachtmeister wartete geduldig.

„Gehen wir hinein", sagte der Richter um acht Uhr dreiunddreißig.

Während er seinen schwarzen Talar überwarf, trat der Wachtmeister hinter die Tür, die das Büro mit dem Saal verband, und rief die Ankunft des Richters aus. Alle erhoben sich und setzten sich erst wieder, als Richter Avneri seinen Platz einnahm.

Er ließ seinen Blick durch den Saal schweifen, aber eigentlich wollte er nur sie sehen. Sie hatte gewusst, dass es so sein würde, und unterließ es, ihren Blick direkt auf seine Augen zu richten, die sich ganz kurz bei ihr aufhielten, aber alles sahen – ihr blasses Gesicht, das sehr schön war, ihren wohlgeformten Körper. Mit zweiunddreißig schien sie ihm nicht weniger attraktiv als vor sieben Jahren, als er sie kennengelernt hatte. Er hatte damals Vorlesungen über Strafrecht an der Universität gehalten, sie war Studentin im letzten Studienjahr.

Meir Avneri beeilte sich, die Fälle zügig zu behandeln, die keine Anhörung von Zeugen erforderten.

Danach rief er aus: „Fall 361 aus 2001, Staat Israel gegen Assaf Jarden."

Als er den Blick auf die Anklagebank richtete, sah er, wie der Angeklagte sich aufrichtete, und ebenso Miri Alon.

„Schalom, Frau Alon", spuckte er eine schnelle Bemerkung aus. „Wir haben Sie lange Zeit nicht gesehen."

„Ja, Herr Richter", sagte sie und beeilte sich, ihren Blick in die Akte zu senken.

✎ ✎

„Welche Zeugen sollen wir heute anhören?", fragte der Richter die Staatsanwältin.

„Unser erster Zeuge ist Schimon Dulgin, der zum Geschäftsführer der Firma ernannt wurde, nachdem der Angeklagte sie verlassen hatte."

„Bitte sehr", sagte der Richter und lehnte sich in dem hohen Lederstuhl zurück.

Miri hatte das Gefühl, dass seine Blicke sie wieder und wieder durchbohrten.

Der Wachtmeister führte einen etwa fünfzigjährigen glatzköpfigen Mann in grauem Anzug und mit ernstem Gesicht zum Zeugenstand.

„Kennen Sie den Angeklagten?", eröffnete die Staatsanwältin.

„Ich kenne ihn."

„Woher kennen Sie ihn?"

„Wir haben zusammen gearbeitet. Ich war stellvertretender Geschäftsführer."

„Wie lange haben Sie zusammen gearbeitet?"

„Zwölf Jahre. Danach kündigte Jarden, um für eine andere Firma zu arbeiten."

„Wie würden Sie die Beziehungen zwischen Ihnen während dieser Zeit beschreiben?"

„Nicht besonders gut."

„Warum?"

Der Zeuge vermied es, dem Angeklagten in die Augen zu schauen. „Zuerst einmal war Herr Jarden ein übertrieben selbstbewusster Mann, ein schwieriger Mann, der dachte, dass nur er recht habe und alle anderen sich irrten. Er verhielt sich gegenüber uns allen so, als ob wir niedriger stünden als er, und er entließ jeden, der eine andere Meinung hatte als er."

„Trotz all dieser Dinge – würden Sie sagen, dass er ein anständiger Mann ist?"

„Ich weiß es nicht. Zumindest in einem Fall, in diesem Fall, über den Sie jetzt urteilen, sind wir zu dem Schluss gekommen, dass Herr Jarden in außergewöhnlicher Weise das Gesetz übertreten hat."

„Ich bin nicht einverstanden", sprang Miri Alon von ihrem Platz auf, „ich bitte darum, dass das Gericht den Zeugen anweist, sich auf Tatsachen zu beschränken und nicht Meinungen kundzutun."

Der Richter warf ihr einen tadelnden Blick zu. „Ich verstehe, dass die Leitung der Firma zu dem Schluss gekommen ist, dass der Mann das Gesetz übertreten hat. Das ist eine Tatsache, es ist keine Meinung", sagte er und beugte sich auf seinem Richterpodest über den langen Tisch nach vorn.

„Fahren Sie fort, Herr Dulgin."

„Vor etwa anderthalb Jahren kam ein Verdacht auf, dass Herr Jarden nach seiner Kündigung möglicherweise ein Dokument der Firma gefälscht und es als Geschäftsführer unterzeichnet hatte. Wir stellten fest, dass er auf einem offiziellen Briefbogen der Firma ein Empfehlungsschreiben für eine Frau, Liora Goldberg, geschrieben hatte, wobei er im Namen der Firmenleitung eine ganze Reihe von falschen Tatsachen unterzeichnet hatte, wie zum Beispiel, dass diese Frau mehrere Jahre als Abteilungsleiterin gearbeitet habe, und auch, dass sie positive Beurteilungen für ihre Arbeit erhalten habe und Kandidatin für eine Beförderung sei … Sozusagen eine offizielle Bestätigung, die ohne Erlaubnis und ohne Kenntnis der Firma gegeben wurde und Tatsachen enthielt, hinter denen die Firma nicht stand …"

„Wie sind Sie auf diesen Verdacht gekommen?", fragte der Richter.

Die Staatsanwältin runzelte die Stirn. Es war ihre Aufgabe, den Zeugen zu befragen.

„Man hat uns von einer Firma aus angerufen, die Frau Goldberg aufgrund von Jardens Empfehlung eingestellt hatte. Denen war klar geworden, dass sie keine Erfahrung als Abteilungsleiterin hatte. Sie hatte vor ihnen letztlich zugegeben, dass die Informationen aus dem Empfehlungsschreiben nicht korrekt waren."

Der Zeuge putzte seine Brille mit einem weißen Stofftaschentuch.

„Was haben Sie gemacht", fuhr der Richter fort, „als Sie entdeckten, dass Herr Jarden ein Dokument der Firma gefälscht hatte?"

„Herr Richter", versuchte sich Miri einzuschalten, „ich erinnere daran, dass mein Klient als Angeklagter und nicht als Verurteilter hier ist, und deshalb verlange ich, dass jede Äußerung des Gerichts aus dem Protokoll entfernt wird, aus der herauszuhören ist, dass er getan habe, was ihm die Anklageschrift zur Last legt ..." Ihr war klar, dass dem Richter nicht gefallen würde, was sie da sagte.

„Ich habe die Bitte der Verteidigung des Angeklagten gehört", diktierte Avneri seine Entscheidung der Gerichtsschreiberin, „und ich weise sie zurück."

„Also", kehrte er zum Zeugen zurück, „die überflüssige Bemerkung der Rechtsanwältin, die meine Zeit verschwendet hat, hat Ihnen Zeit zum Nachdenken gegeben. Was ist Ihre Antwort?"

Die Staatsanwältin flüsterte Miri zu: „Er tut alles, um deinen Mandanten ins Gefängnis zu bringen. Warum?"

„Wenn ich das wüsste", flüsterte Miri traurig.

Aber sie wusste es.

Die Frau, die nun in den Zeugenstand trat, war etwa siebenundzwanzig Jahre alt, ihr kastanienbraunes langes Haar lag über ihre Schultern gebreitet. Sie hatte eine schlanke, knabenhafte Figur und tiefblaue Mandelaugen in einem Engelsgesicht. Bevor sie sich der Staatsanwältin zuwandte, warf sie dem Angeklagten einen verlegenen Blick zu.

„Liora Goldberg", sagte die Anklägerin, „kennen Sie den Mann, der auf der Anklagebank sitzt?"

„Ich kenne ihn", antwortete die Zeugin mit leiser Stimme.

„Sprechen Sie lauter", bemerkte der Richter ungeduldig.

Sie richtete erschrocken die Augen auf ihn. „Ich kenne ihn", wiederholte sie mit lauterer Stimme.

„Woher kennen Sie ihn?", fragte die Staatsanwältin.

„Wir waren Freunde …"

„Erzählen Sie uns, wo Sie sich kennengelernt haben."

Lioras Augen blickten entschuldigend zum Angeklagten. „Es war vor etwa zwei Jahren … Ich war in einer Zeitarbeitsfirma registriert, und die schickte mich als Sekretärin zur Vertretung der Sekretärin von Assaf Jarden, die in Mutterschutz ging. Assaf … Verzeihung, Herr Jarden und ich freundeten uns sehr an … Nach dem Mutterschutz kehrte die Sekretärin zurück und ich ging …"

„Was heißt das, dass Sie sich sehr angefreundet haben?", fragte die Staatsanwältin.

„Wir hatten Gespräche und …, also, mehr als das, was zwischen Chef und Sekretärin üblich ist."

„Wie viel mehr? Sind Sie zusammen ausgegangen?"

„Manchmal."

„Hatten Sie auch intime Beziehungen?"

„Ja."

„Wussten Sie, dass er verheiratet ist?"

„Ich wusste es …"

„Dank Ihrer Beziehungen zu ihm hätten Sie weiter in derselben Firma arbeiten können, die er leitete. Er hatte kein Problem, das zu regeln."

„Ich wünschte es sehr, aber gerade als ich aufhörte, dort zu arbeiten, kündigte er plötzlich. Er hatte schon keine Möglichkeit mehr, die Einstellung von Mitarbeitern in der Firma zu beeinflussen."

„Also haben Sie nach einer anderen Arbeit gesucht."

„Richtig."

„Und als ein Vorstellungsgespräch mit Ihnen vereinbart wurde, brachten Sie eine warme Empfehlung mit, die Ihnen Assaf Jarden gegeben hatte."

„Ja."

„Hatten Sie den Angeklagten gebeten, Ihnen eine solche Empfehlung zu geben?"

„Nein, das war sein Vorschlag."

„Warum? Warum hätte er das tun sollen?"

Miri Alon erhob sich von ihrem Platz: „Ich bitte, dass die Zeugin nicht auf diese Frage antwortet. Sie muss nicht wissen, was sich im Kopf des Angeklagten abgespielt hat."

„Abgelehnt", knurrte der Richter. „Die Zeugin wird die Frage beantworten."

Miri sank auf den harten Holzsitz. Er hasst mich, sagte sie sich. Er wird dafür sorgen, dass ich diesen Prozess verliere.

„Beantworten Sie die Frage", sagte die Staatsanwältin.

„Ihm lag etwas an mir", antwortete die Zeugin. „Er konnte es nicht mit ansehen, wie ich mich ohne Geld und ohne Arbeit herumtrieb. Ich musste mich und meine Mutter versorgen, die nicht in der Lage ist zu arbeiten. Für die Arbeitsplätze, auf die ich mich bewarb, brauchte ich Empfehlungen."

„Und dann hat der Angeklagte vorgeschlagen, die Straftat zu begehen?", merkte der Richter wütend an.

„Assaf hat mir vorgeschlagen, mir einen Empfehlungsbrief zu schreiben", sagte sie.

„Er hat vorgeschlagen, ein Dokument zu fälschen, und Sie, das unschuldige Mädchen, haben nichts gesagt …", spottete Richter Avneri mit einem hässlichen Lächeln. „Als wäre es natürlich, dass man in Ihrem Umfeld das Gesetz übertritt und niemand etwas tut, um das zu verhindern."

Wie Hilfe suchend sah die Zeugin ihn und die Staatsanwältin an. „Ich habe ihn geliebt", sagte sie fast flüsternd. „Ich habe ihm vertraut. Ich war sicher, dass alles in Ordnung war."

„Haben Sie noch eine feste Beziehung?", ließ der Richter sie nicht in Ruhe.

„Schon nicht mehr."

„Warum?"

„Weil … weil er verheiratet war und ich sah, dass keine Chance besteht, dass er sich scheiden lässt, um mich zu heiraten."

Die Augen des Richters glänzten, als hätte er eine große Beute erblickt. „Das heißt, der Angeklagte, der vor uns sitzt, hat nicht nur Tag für Tag und Stunde für Stunde seine Frau betrogen, während die dachte, dass er sich anderswo befand, sondern er hat auch Sie betrogen, indem er Ihnen zu verstehen gab, dass er Sie heiraten würde … Jetzt ist alles klarer. Wer betrügt, kann mit Leichtigkeit auch fälschen …"

„Herr Richter", Miri sprang mit dem Ausdruck des Protestes von ihrem Platz auf.

Meir Avneri machte eine Handbewegung, als verscheuche er eine lästige Fliege. „Was sagen Sie dazu, Frau Goldberg?"

„Er hat mich nicht betrogen. Er hat mir die Wahrheit gesagt, versprochen, dass er jede Anstrengung unternehmen würde, um sich scheiden zu lassen. Aber es stellte sich heraus, dass sich seine Frau mit Nachdruck weigerte … Als Anklage gegen ihn erhoben wurde, hat sie ihm das Leben zur Hölle gemacht, sie hat ihm nachgeschrien, dass er sich nicht einbilden solle, dass sie jemals in eine Scheidung einwilligen würde."

„Wissen Sie, was ich von Ihnen denke, gute Frau?", sagte der Richter. „Ich denke, dass Sie nicht viel besser sind als Ihr Freund. Ausgerechnet als man Anzeige gegen ihn erstattet hat, ausgerechnet als seine Frau ihn aus dem Haus geworfen hat, ausgerechnet als er Sie mehr als alles andere gebraucht hätte, haben Sie ihn verlassen. Das spricht nicht für Sie."

Mit Abscheu betrachtete er die Tränen, die in ihren Augen schimmerten.

„Ich sah, dass ich gegen seine Frau keine Chance hatte ... Ich wollte keine Zeit verschwenden ... Ich ..."

„Die Staatsanwältin hat das Wort", unterbrach sie der Richter mit einem Ausdruck von Ekel und lehnte sich in seinem Stuhl zurück.

Die Anklägerin wandte sich der Zeugin zu. Sie war eine erfahrene Staatsanwältin und war noch nie Zeugin eines solchen Missbrauchs des Prozessrechts durch einen Richter gewesen. Wenn sie es gekonnt hätte, hätte sie gebeten, diesen Fall zu schließen – und sei es, dass sie dem Richter nur Gleiches mit Gleichem vergelten wollte. Mit einem Blick voller Mitleid schaute sie zu Miri Alon, die erstarrt an ihrem Platz saß, und wandte sich an die Zeugin. „Wussten Sie, dass Jarden die Empfehlung auf dem Briefpapier der Firma geschrieben hatte, als er schon nicht mehr die Befugnis dazu hatte?", fragte sie mit sachlicher Stimme. „Wussten Sie, dass er die Empfehlung als Geschäftsführer unterzeichnet hatte, als er schon nicht mehr dazu befugt war?"

„Ich habe mir nicht gedacht, dass das so schwerwiegend ist. Schließlich war er viele Jahre Geschäftsführer."

„Wussten Sie, dass er in der Referenz falsche Tatsachen notiert hatte?"

„Ja, aber ich dachte, dass es üblich ist, in Empfehlungsschreiben etwas zu übertreiben … Einmal hat meine Firma solch einen Brief erhalten …"

„Ihre Firma interessiert uns nicht. Haben Sie die Arbeit aufgrund dieser Empfehlung erhalten?"

„Ja. Aber dann fingen Probleme an, ich bin nicht mit ihnen zurechtgekommen, sie forderten von mir viele Dinge, die ich nicht konnte …"

„Ich bin nicht sicher, ob wir weitere Zeuginnen der Anklage hören müssen", unterbrach der Richter. „Der Fall ist sehr klar. Wir haben das Geständnis des Angeklagten bei der Polizei, die Zeugenaussage der Frau Goldberg und das Dokument, wegen dessen Fälschung er angeklagt ist. Ich nehme an, dass wir zu den Zeugen der Verteidigung übergehen können, falls es solche geben sollte …" Sein Blick richtete sich auf Miri.

„Ich würde gerne den Angeklagten zur Aussage aufrufen …", sagte sie. Ihre Augen schauten hinüber zum Richter.

„Bitte", sagte er. „Vorher gehe ich für eine halbe Stunde Pause hinaus."

Der Saal leerte sich. Es blieben nur der Angeklagte, Miri, die Staatsanwältin und die junge Zeugin zurück. Diese trat zu Assaf Jarden und küsste ihn leicht auf seine Wange.

„Es tut mir leid", sagte sie. „Ich hatte keine Wahl. Die Polizei hat mich zu der Zeugenaussage gezwungen."

Mit zitternder Hand streichelte er ihren Kopf. „Es ist in Ordnung", sagte er. „Was machst du zurzeit?"

„Ich habe Arbeit in einem Architekturbüro gefunden ... und ... und ich gehe mit jemandem aus."

Ein dunkler Schatten glitt über sein Gesicht. „Ich wünsche dir Erfolg." Er hielt ihre Hand und ließ sie nicht los, bis sie sie zurückzog. Seine Augen begleiteten sie, als sie den Saal verließ.

Die Staatsanwältin entnahm ihrer Tasche eine Wasserflasche und schenkte den dreien etwas in Plastikbecher ein. „Ich hasse das, was hier passiert", sagte sie.

„Ich auch", pflichtete ihr Miri bei.

„Meinen Sie, dass dieser Richter etwas gegen mich hat?", fragte Assaf Jarden.

„Ich glaube nicht ... Avneri ist heute Morgen offenbar mit dem linken Fuß zuerst aufgestanden. Aber das wird bei ihm sicherlich vorübergehen ...", sagte Miri und glaubte ihren eigenen

Worten nicht. „Entschuldigen Sie mich ein paar Minuten", sie verließ den Saal.

Sie fühlte sich wie unter einer Zentnerlast. Seit sie begonnen hatte, in Gerichtssälen aufzutreten, hatte noch kein Prozess sie so niedergedrückt. Dieser Richter verhielt sich absichtlich boshaft, als ob er das Urteil des Angeklagten bereits fertig hätte. Sie konnte sich denken, warum, aber sie wusste auch, dass sie es bis ans Ende ihrer Tage bedauern würde, wenn sie weiter den Kopf einzog.

Entschlossen klopfte sie an die Tür von Meir Avneris Büro.

Seine dröhnende Stimme war von drinnen zu hören. „Bitte sehr."

Mit einer energischen Bewegung öffnete sie die Tür und trat ein. Er wendete ihr den Blick zu und sagte mit einem emotionslosen Gesichtsausdruck: „Ich wusste, dass du kommen würdest."

⸎

Lange stand sie ihm reglos gegenüber, ohne etwas zu sagen.

Seine Augen prüften sie mit einem scharfen Blick. „Setz dich", sagte er schließlich.

Sie gehorchte. „Warum?", fragte sie, „Warum verhältst du dich so?"

„Wie, so?"

Sie wusste, dass der Richter sich verstellte, dass er es ihr extra schwer machen wollte. „Du weißt, was ich meine, Meir."

„Ich wusste nicht, dass du auf mein Verhalten geachtet hast", setzte er eine überraschte Miene auf. „Ich wusste nicht, dass du mich überhaupt beachtet hast."

„Ich habe darauf geachtet, und es hat mir nicht gefallen. Ich denke nicht, dass du dich angemessen benommen hast."

„Jetzt beschuldigst du mich, was? Angriff ist selbstverständlich die beste Verteidigung. Es ist leicht, es entbindet dich von der Notwendigkeit, dich mit dem wahren Problem auseinanderzusetzen."

„Du versuchst doch nicht, auf das zurückzukommen, was gewesen ist, hoffe ich", sagte sie in der Furcht, sie werde gezwungen sein, über das zu sprechen, worüber sie nicht sprechen wollte.

„Warum nicht?", fragte er.

„Tu mir das nicht an, Meir. Ich bin nicht bereit für ein solches Gespräch."

Er streckte sich auf seinem Stuhl aus. Ihr schien, dass er sich hier, im Büro des Richters,

wie auch im Gerichtssaal, sicherer fühlte, sicherer, als wenn sie sich an irgendeinem anderen
Ort begegnet wären.

„Trotz allem", sagte er mit weicher Stimme,
der Stimme, die sie in der so fernen Vergangenheit verzaubert hatte. „Was hältst du davon,
wenn wir uns ein wenig unterhalten?"

„Warum? Das führt zu nichts." Ihre Stimme
war müde, ihre Nerven angespannt von der langen, unerträglichen Zeit im Saal.

„Du schuldest mir eine Erklärung", sagte er.
„Du bist damals aufgestanden und plötzlich
verschwunden, und du hast mich verletzt und
entsetzt zurückgelassen. Leute verlassen nicht
plötzlich eine so wunderbare Beziehung ohne
irgendeine Erklärung."

„Ich habe versucht, es dir zu erklären", sagte sie
kurz angebunden. „Aber du wolltest nie zuhören."

Gegen ihren Willen erinnerte sie sich daran,
wie sie sich stundenlang für Diskussionen über
ihre Abschlussarbeit zu treffen pflegten. Er war
ein ranghoher Richter, sehr bekannt. Er hatte
viel Macht und Einfluss und sie hatte große
Furcht vor einem Scheitern. Als er begann, um
sie zu werben, war sie sehr überrascht. Seine
Werbungsversuche waren unbeholfen, Verlegenheit weckend, lächerlich, aber im Laufe der

Zeit war sie seinem Zauber erlegen. Sie hatten eine flammende Affäre im Geheimen, er versprach ihr Hochzeit und Kinder, bis ihr klar wurde, dass er keinerlei Absicht hatte, seine Versprechen in die Tat umzusetzen.

Mit seinen grünen Augen sah er sie lange an. „Ich habe dich geliebt", sagte er, „wir hatten es so gut ..." Er zögerte etwas und fügte dann hinzu: „Du fehlst mir ..."

„Es reicht, Meir. Du weißt sehr wohl, dass nicht ich schuld bin. Du hast die ganze Zeit mit mir gespielt, du hast bei mir die Illusion aufgebaut, dass wir bis zum Ende des Lebens zusammen sein würden, wir haben über die Kinder gesprochen, die wir haben würden ..."

Er biss sich auf die Lippen. „Ich habe jedes Wort so gemeint ...", sagte er. „Aber meine Frau ... Du weißt ..."

„Ja, ich weiß. Deine Frau, die Karriere, die Scheidung, die vielleicht das Bild des Ehrenmannes zerstören konnte, das du im Laufe der Jahre aufgebaut hattest, deine Chancen, zum Bezirksgericht aufzusteigen. Ich habe dich verlassen, Meir, um mich selbst wieder aufzubauen. Ich habe eine schwere Zeit durchgemacht, bis der Schmerz vorbei war. Was willst du jetzt von mir?"

„Weißt du, wie sehr du mir gefehlt hast? Hast du eine Ahnung, wie sehr du mich verletzt hast, als du nicht auf die Nachrichten antworten wolltest, die ich dir hinterlassen hatte?"

„Ich wusste, du wolltest, dass ich zu dir zurückkomme. Für einen älteren Mann, der ein bisschen Adrenalin für die Erneuerung der Jugend braucht, war das eine angenehme Regelung, denn was ist schlimm an einer jungen Geliebten, die dir Energie ohne irgendeine Verpflichtung verschafft? Aber ich habe damit abgeschlossen, Meir."

Sein Gesicht wurde angespannt und die Haut blass. „Du hast mich verletzt", sagte er. „Du hast mir eine Wunde zugefügt, die sich nicht schließen will."

„Du bist derjenige, der mich verletzt hat, Meir. Du hast mich durch deine Versprechungen verletzt, die keine Grundlage hatten, durch Illusionen, die du bei mir absichtlich gefördert hast, damit ich zu jeder Zeit bei dir war, wenn du es wolltest."

„Ich werde dir niemals verzeihen ...", sagte er mit schwacher Stimme, als hätte er kein Wort von dem gehört, was sie sagte.

„Deshalb tust du alles, damit ich in diesem Prozess verliere, stimmt's?"

„Genau. Das ist meine kleine Rache."

„Das ist nicht angemessen, Meir. Es ist nicht angemessen gegenüber meinem Mandanten. Du quälst ihn, um mich zu verletzen. Er gehört nicht zu der Geschichte, die zwischen uns war."

„Vielleicht nicht, aber du musst eine Strafe haben, und es ist mir egal, was dein Mandant damit zu tun hat. Du bist eine Rechtsanwältin, die gerade auf den freien Markt getreten ist, jeder Urteilsspruch zulasten deines Mandanten kann dir schaden …"

Sie war entsetzt. „Was willst du mir damit sagen? Dass einfach so, wegen irgendeines alten Gefühls des Beleidigtseins, du mir einen Schuldspruch festklopfen wirst ohne irgendeine Verbindung zu den Tatsachen?"

„Sehr richtig."

Sie versuchte, die grausamen Worte zu verdauen, die er gesagt hatte.

„Du erinnerst dich natürlich gut daran, wessen mein Mandant beschuldigt wird", sagte sie schließlich.

„Stimmt."

„Erinnert dich das nicht an etwas?"

„Du versuchst, vom Thema abzulenken."

„Ich nicht", sie bemühte sich, ihrer Stimme einen festeren Klang zu geben. „Ich habe gefragt, ob die Dinge, die mit meinem Mandanten zu tun haben, dir von irgendwoher bekannt vorkommen?"

„Nein …"

„Du heuchelst, Meir. Versuche, dich daran zu erinnern, was hier passiert ist, in deinem Büro, vor sechs Jahren. Ich hatte eine frische Lizenz als Rechtsanwältin, aber ich konnte keine Arbeit finden, wir waren verliebt … Ich kam zu dir mit Tränen in den Augen. Ich erzählte dir, dass ich es nicht schaffte, eine Arbeit zu finden. Du sagtest mir, dass ich mir keine Sorgen machen müsse, dass du das schon hinbekommen würdest …"

Jetzt erinnerte er sich, aber er zog es vor, so zu tun, als habe er immer noch keine Ahnung, wovon sie sprach.

„Du saßt hier am Tisch, nahmst einen Stift und schriebst eine wunderbare Empfehlung … Du schriebst, dass du sehr beeindruckt seist von meinen beruflichen Fähigkeiten, dass du die Gelegenheit gehabt hättest, meine Arbeit zu verfolgen, als ich eine Praktikantin war, die mit dem Anwalt vor dir erschienen sei, bei dem ich ein Praktikum machte: dass du wüsstest, dass ich eine äußerst gute Grundlage hätte, den Stoff beherrschte … Kurz, Lügen über Lügen."

„Genug, Miri", beklagte er sich und quetschte den Stift nervös zwischen den Fingern.

„Ich komme schon zum Ende", war sie hartnäckig. „Was ich sagen wollte, ist: Wenn du genau hinschaust, dann merkst du: Diese Geschichte und die Geschichte meines Mandanten sind fast identisch. Wie du, so hat auch er für seine Geliebte gefälscht, weil er sie liebte …"

„Du kannst das nicht vergleichen", versuchte er es noch einmal. „Was dein Mandant begangen hat, war eine Straftat."

„Und was hast du getan? Wie willst du das nennen?"

Meir Avneri sah sie lange an und antwortete nicht.

„Okay, Meir." Das Gespräch ermüdete sie und sie wollte es beenden. „Komm, lass uns dieses Treffen vergessen. Ich will nur, dass du aufhörst, meinen Mandanten zu quälen."

„Ich mache natürlich, was ich will", antwortete er.

Sie kannte ihn gut, wusste, dass er ein unverbesserlicher Sturkopf war, rachsüchtig und wachsam, und dass sie jetzt keine Chance hatte. „Ich werde beantragen, dass der Prozess einem anderen Richter übergeben wird", sagte sie mit schwacher Stimme.

Er sandte ihr einen boshaften Blick zu. „Mit welcher Begründung?"

„Auf Grundlage unseres Gespräches heute hier …"

„Niemand wird dir glauben. Ich werde leugnen und alle werden sicher sein, dass du den Verstand verloren hast."

Sie schaute ihn an, als sähe sie ihn zum ersten Mal. Auch im Laufe der zwei Jahre, die sie seine Geliebte gewesen war, hatte sie ihn manchmal seine Seelenruhe verlieren sehen, einbrechen, Worte um sich werfen. Aber so ein brutales Vorgehen hatte sie von ihm nicht erwartet. Plötzlich war ihr schwindlig und sie fühlte sich kraftlos. Die Spannung, der Ärger, das unerwartete Gespräch mit diesem Mann, ihrem früheren Liebhaber, hinterließen ihre Spuren.

„Ich fühle mich nicht gut", sagte sie, stand auf und wankte zur Tür.

∽ ∾

Mit zögernden Schritten ging sie in den Gerichtssaal und sank auf die Verteidigerbank.

„Du bist schrecklich blass", sagte Schula, die Staatsanwältin. „Soll ich dir Wasser bringen?"

„Nein, danke", antwortete Miri und bedeckte ihren Kopf auf dem Tisch mit den Armen.

Der Richter trat ein und sie erhob sich mit großer Mühe.

Als er sich gesetzt hatte und auch die Zuhörer saßen, blieb sie stehen. „Es tut mir leid, Herr Richter", sagte sie leise. „Ich kann nicht weitermachen, ich denke, dass ich krank bin …"

Meir warf ihr einen kurzen Blick zu und schloss die Akte mit einem Schlag. „Die Verhandlung wird um zwei Tage vertagt", sagte er. „Wir treffen uns hier am Dienstag um acht Uhr morgens und ich hoffe, dass die Verteidigerin des Angeklagten bis dahin gesund ist."

Der Richter wendete den Kopf der nächsten Akte zu und würdigte Miri keines weiteren Blickes, als sie langsam aus dem Saal ging, gestützt vom Arm Assaf Jardens, ihres Mandanten.

Assaf begleitete sie zu ihrem Auto und bot sich an, an ihrer Stelle zu fahren. Ihr Kopf lehnte an der Kopfstütze, ihre Augen waren geschlossen, ihre Glieder fühlten sich an wie Blei. Sie wusste nur, dass sie einen kurzen Aufschub aus diesem Albtraum gewonnen hatte, zumindest für die kommenden zwei Tage. Sie wollte nicht daran denken, was möglicherweise danach passieren würde.

Als sie ankamen, begleitete Jarden sie die Treppe hoch bis zu ihrer Wohnungstür im dritten Stock.

„Danke", sagte sie fast flüsternd.

„Wollen Sie, dass ich Ihnen einen Kaffee mache?", fragte er.

„Nicht nötig ... Ich komme allein zurecht ... Auf Wiedersehen, Assaf, bis in zwei Tagen ..."

„Ich rufe Sie an, um zu hören, wie es Ihnen geht, in Ordnung?"

„Schön von Ihnen."

Sie streckte sich in ihren Kleidern auf dem Bett aus. Von den offenen Fenstern her wehte ein kühler Wind herein und ließ ihren Körper erzittern. Autolärm stieg von der Straße herauf, ein Kind jauchzte in einer Wohnung in der Nähe und sie fiel in einen unruhigen Schlaf, der aus Albträumen bestand.

Als sie erwachte, war es schon Abend. Die Kälte im Zimmer hatte zugenommen. Langsam stand sie vom Bett auf und machte die Fenster zu. Ihr Kopf schmerzte und in ihrem Mund war ein bitterer Geschmack. Auf dem Tisch lag die Ledertasche mit den Verteidigungsnotizen für Assaf Jardens Prozess. Sie versuchte, an den kommenden Gerichtstermin zu denken. Würde sie die Kraft haben, gegen die Feindseligkeit des Richters zu kämpfen? Würde sie den Mut haben, dem Angeklagten zu sagen, dass er mit einem Schuldspruch und mit einer schwereren Strafe rechnen müsse, als angemessen war, nur weil der Richter versuchte, eigentlich sie zu strafen? Würde sie am Morgen nach dem Urteil aufwachen und sich überlegen, ob sie überhaupt noch Lust hätte, weiter Anwältin zu sein?

Lange Zeit hatte sie von einem eigenen Fall geträumt.

Graues, feuchtes Licht drang ins Zimmer. Vergeblich versuchte sie, einen Ausweg aus der Sackgasse zu finden. Die nächsten Stunden, das wusste sie, würden das Schicksal des Angeklagten bestimmen – und, ohne Zweifel, ihr berufliches Ansehen.

❧ ❧

Am Dienstagmorgen um acht Uhr trat der Richter Avneri in den Gerichtssaal, sah sich um und lächelte den Besuchern in der zweiten Reihe zu. Dort saßen drei Journalisten, zwei von den Abendzeitungen, einer von den Radionachrichten. Avneri liebte Journalisten, weil sie mehr als einmal über einen Prozess, den er führte, eine für ihn schmeichelhafte Berichterstattung gebracht hatten. Es war für ihn schwer zu verstehen, warum sie gerade diesen Prozess zum Zuhören ausgewählt hatten. Bestimmt gab es interessantere und wichtigere Prozesse, die in dieser Stunde im Gerichtsgebäude geführt wurden. Aber die Journalisten waren da, und deshalb nahm er sich vor, den besten Eindruck zu erwecken.

„Ich hoffe, dass sich die Verteidigerin des Angeklagten wieder gut fühlt", seine Stimme war honigtriefend, „wir fahren fort."

Miri stand von ihrem Platz auf. „Ich möchte Herrn Assaf Jarden aufrufen", sagte sie.

Der Angeklagte richtete sich auf und nahm seinen Weg zum Holztisch auf der linken Seite des Saales. Er war angespannt, Sorgenfalten breiteten sich in seinen Mundwinkeln aus. Offenherzig, in einfacher Sprache, erzählte er von der Entwicklung der Dinge: „Frau Liora Goldberg, die als Vertretung zu uns kam, machte auf mich einen guten Eindruck. Sie war schön, weise, erfahren in vielen Bereichen, pünktlich und gewandt. Innerhalb kurzer Zeit entstand zwischen uns eine romantische Beziehung ..."

Der Richter unterbrach die Worte des Angeklagten mit einer Bewegung, die Ungeduld ausdrückte: „Fassen Sie sich kurz, ich habe das

Kapitel mit der Affäre verstanden … Was war weiter?"

„Die Beziehung zwischen uns ging auch weiter, nachdem ich gegangen war", fügte der Angeklagte mit lauter Stimme hinzu, als empfände er die Notwendigkeit, dem Gericht zu beweisen, dass seine Geliebte ihn eigentlich als Menschen geliebt hatte und nicht als Mann, der ein allmächtiger Direktor war. „Sie war in großer Bedrängnis bei der Suche nach einer Arbeitsstelle. Sie hatte weder ein gewisses Alter noch Erfahrung vorzuweisen, und deshalb konnte sie keine Arbeit auf einem Niveau finden, das zu ihr passte. Ich versuchte, meine Beziehungen zu nutzen, um einen passenden Arbeitsplatz für sie zu finden, aber das hatte keinen Erfolg …"

„Und daraufhin haben Sie sie mit einem gefälschten Empfehlungsschreiben versorgt", sagte der Richter wegwerfend.

„Herr Richter", bemerkte Miri und wusste sofort, dass es nichts nützen würde, „der Prozess ist noch nicht beendet und Sie setzen schon wieder fest, dass mein Mandant schuldig sei …"

Meir Avneri sah sie mit einem langen Blick an und sagte: „Erlauben Sie mir, Ihre Bemerkung zu ignorieren."

Die Staatsanwältin riss einen Zettel aus ihrem Notizbuch, notierte darauf ein paar Worte und reichte ihn Miri. „Kämpfe! Gib nicht auf!"

Miri kritzelte eine schnelle Antwort auf den Zettel. „Danke, ich werde kämpfen. Drücke mir die Daumen."

Schula verflocht die Finger ihrer Hand als Zeichen der guten Wünsche und zeigte sie ihr heimlich, damit der Richter es nicht bemerkte.

„Herr Richter", sagte Miri. „Ich wiederhole: Ich beantrage, dass im Protokoll mein Protest gegen Ihre Bemerkung bezüglich der Beschuldigung meines Mandanten notiert wird."

„Ich werde über Ihre Bitte nachdenken", antwortete der Richter schnell. „Der Angeklagte soll in seiner Aussage fortfahren."

Assaf Jarden rollte in Kurzfassung die Geschichte der Empfehlung noch einmal auf, die er seiner Geliebten auf dem Briefpapier der Firma gegeben hatte, in der er schon nicht mehr tätig war.

„Als Sie ihr dieses Dokument gaben", fragte Miri, „haben Sie da gedacht, dass Sie etwas Ungesetzliches taten?"

„Nein", antwortete der Angeklagte. „In der Tat, ohne den Neid der Leute, die mit mir gearbeitet hatten, würde dieser Prozess überhaupt nicht stattfinden."

„Seien Sie nicht so sicher", spottete der Richter, und das Publikum grinste vergnügt.

Der Angeklagte senkte den Kopf. Die Beschuldigungen des Richters trafen ihn wie Giftpfeile. Jeder Augenblick im Zeugenstand war ihm verhasst.

Miri stellte noch ein paar Fragen zu seinen Leistungen in der Firma, zu den sehr guten Beurteilungen, die er im Laufe der Jahre erhalten hatte, zum persönlichen und wirtschaftlichen Schaden, die die Angelegenheit ihm zugefügt hatte.

Meir Avneri mischte sich immer wieder ein, drängte den Angeklagten, sich kurzzufassen, machte Bemerkungen in Richtung seiner Verteidigerin.

Aber diesmal ließ sie sich durch den Richter nicht zu einer weiteren Auseinandersetzung provozieren. Mit seltsamer Gelassenheit befragte sie weiter den Zeugen, bis seine Aussage beendet war.

Der Richter wandte sich an die Staatsanwältin, ob auch sie den Angeklagten befragen wolle. Sie wollte es zwar, hielt es aber für angemessen, in jeglicher Weise gegen Avneris Umgang mit ihrer Kollegin zu protestieren.

„Ich habe keine Fragen", sagte sie deshalb

und ignorierte den überraschten Blick und den Ärger, der in den Augen des Richters stand.

„Sehr gut", der Richter gewann seine Fassung zurück, „dann können wir diesen Prozess heute abschließen." Er wandte sich an Miri. „Ich hoffe, Sie haben keine weiteren Zeugen." Der Richter prüfte ihr Gesicht, suchte nach Zeichen des Nachgebens. Sie fürchtet sicher, sagte er sich, dass ich über ihren Mandanten eine schwere Strafe verhängen werde; sie wie er werden gleichermaßen entsetzt sein. Gewaltige Genugtuung erfüllte ihn, als er an die letzte Phase seines Rachefeldzugs dachte.

Miri nahm ihre Tasche und suchte darin nach etwas. „Herr Richter", sagte sie, „ich bin noch nicht fertig."

Meir Avneri sah sie mit Neugier, vermischt mit Ärger, an. „Was gibt es jetzt?", drängte er sie.

Sie nahm ein Päckchen Blätter aus ihrer Tasche und sagte: „Ich möchte vor dem Gericht ein paar Briefe vorlesen, die der Angeklagte an seine Geliebte geschrieben hat."

„Was hat das mit dem Prozess zu tun?", verlangte der Richter zu wissen.

„Es hat entschieden etwas damit zu tun", antwortete sie standhaft. „Diese Briefe können das Motiv des Angeklagten erhellen."

„Wird das viel Zeit brauchen?"

„So viel wie nötig", antwortete sie.

Die Journalisten sahen sie gespannt an. Weil sie jeden einzelnen von ihnen am Vorabend der Verhandlung angerufen und vorgeschlagen hatte, dass er kommen sollte, warteten sie auf das Drama, das sie ihnen versprochen hatte.

„Lesen Sie", sagte der Richter lustlos. „Aber nur die Hauptsache."

Er schluckte seinen Ärger darüber herunter, dass er es trotz seiner Bemühungen nicht schaffte, sie zum Nachgeben zu bringen.

Vorsichtig hielt sie ein weißes, handbeschriebenes Blatt und wartete, bis die letzten Geräusche im Saal verstummt waren.

„*Meine Geliebte*", las sie mit klarer Stimme. „*Die ganze Nacht konnte ich nicht einschlafen. Ich habe an das Bedauern gedacht, das in Deinen Augen stand, als Du nach einem anstrengenden Tag der Arbeitssuche zu mir kamst und Dein Gesichtsausdruck sagte, dass Du nichts gefunden hattest. Ich habe Dich gestreichelt, ich habe Dich geküsst, ich habe zu Deinem Herzen gesprochen. Um Dich nicht in Sorge zu versetzen, habe ich vor Dir verborgen, dass meine Frau einige Entwürfe der Briefe gefunden hat, die ich Dir geschrieben habe. Ich habe versucht, ihr die Wahrheit zu sa-*

gen, dass ich Dich liebe, dass ich den Rest meiner Tage mit Dir verbringen möchte, aber sie hat mich keine Silbe aussprechen lassen. Sie hat geweint, ist in Ohnmacht gefallen und hat die Kinder gegen mich aufgehetzt. Ich hoffe, dass wir es trotz allem schaffen werden, zusammenzubleiben …"

Meir Avneri schlug mit der Handfläche auf den Tisch. „Was ist das?" Seine Stimme wurde laut, fast schrie er.

„Ein Liebesbrief, Herr Richter."

„Es gefällt mir nicht, was Sie da tun!", brüllte er. Er versuchte, etwas zu sagen, aber die Worte blieben ihm im Hals stecken. Sein Gesicht war rot vor Zorn.

Miri senkte den Blick auf das Papier und las weiter, die Bemerkung des Richters ignorierend: „Dein frischer Körper, Deine glatte Haut, Deine wohlgeformten Lippen, die von der Hand eines Künstlers gezeichnet wurden, sie sind ein vollendetes Werk der Schöpfung … Ich benötige jeden Tag so viel Kraft, um mich den Problemen zu Hause und bei der Arbeit zu stellen, vielleicht verhalte ich mich Dir gegenüber nicht immer angemessen, verstehe Dich nicht immer … Wenn Du, das große Geschenk, das mir Gott geschenkt hat, der Lichtstrahl meines Lebens, bei mir bliebest … Ich bete, dass Du mich nie verlassen wirst …"

„Genug!", brüllte der Richter.

Das Publikum im Saal hielt den Atem an.

Assaf Jarden bedeckte das Gesicht mit den Händen, sein Gesicht war blass, seine Augen auf die Blätter in der Hand seiner Verteidigerin geheftet. Was tut sie?, dachte er entsetzt.

„Ich verbiete Ihnen weiterzumachen", rief der Richter wütend. „Das gehört nicht zum Thema, Sie verschwenden die teure Zeit des Gerichts. Wenn Sie es wagen, noch einen Satz hören zu lassen, werde ich wegen Missachtung des Gerichts eine Strafe gegen Sie verhängen."

Miri hob den Kopf und sah ihn ohne Furcht an. „Ich bestehe auf meinem Recht weiterzulesen", sagte sie mit sicherer Stimme. „Diese Liebesbriefe sind ein wichtiges Mittel zum Verständnis dieses Prozesses. Ich denke, dass Sie im Irrtum sind, wenn Sie mir verbieten, sie zu Gehör zu bringen."

Der Richter sah mit Schrecken auf die Journalisten, die jedes Wort notierten.

„Wenn Sie mir nicht erlauben, die Briefe zu Gehör zu bringen, werde ich deswegen Beschwerde einreichen. In der Rechtsprechung finden sich viele Präzedenzfälle, die meine Einschätzung unterstützen. Zum Beispiel im Fall Feldman gegen den juristischen Berater, Beschwerde Numero …"

Meir Avneri sank in seinem Stuhl nach hinten. Er kannte die Präzedenzfälle und wusste, dass das Recht auf ihrer Seite war. „Das Gericht zieht sich zu einer Pause von zehn Minuten zurück", sagte er mit fast unhörbarer Stimme. „Ich bitte die Anwältin der Verteidigung, in mein Büro zu kommen."

～ ～

Miri Alon rief drei Zeugen der Verteidigung in den Zeugenstand, die sich lobend über den Angeklagten äußerten, seine Tätigkeit jeder in seiner Art als vorbildlich darstellten, über seine Beteiligung an ehrenamtlichen Aktivitäten für Senioren sprachen.

Assaf Jarden wurde der Dokumentenfälschung für schuldig befunden.

Die Staatsanwältin gab ihre Forderung für das Strafmaß bekannt. In jedem anderen Fall hätte sie vielleicht eine längere, abschreckende Strafe gefordert. Aber diesmal tat sie das nicht, weil sie abgestoßen war von allem, was sich im Gerichtssaal im Laufe der Verhandlungen ereignet hatte. Sie verabscheute das grobe Verhalten des Richters. „Ich beantrage eine Strafe, die den Umständen entspricht", sagte sie schließlich und setzte sich.

Es war klar, dass sie das, was sie gesagt hatte, beiläufig gesagt hatte, weil sie diesen Fall so schnell wie möglich vergessen wollte.

Meir Avneri saß während der ganzen heutigen Verhandlung schweigend auf dem Podium und sah auf die Tischfläche vor ihm. Der Gefühlssturm, der sein Verhalten während des gesamten Prozesses im Fall Assaf Jarden charakterisiert hatte, war verschwunden, als hätte es ihn nie gegeben. Hingestreckt lag er geradezu in seinem Stuhl und achtete auf das, was sich ereignete. Er war sich bewusst, dass etwas geschehen war, was sein Verhalten grundlegend verändert hatte.

Miri Alon beantragte, den Beschuldigten freizusprechen. Sie zitierte die zum Charakter des Angeklagten befragten Zeugen und hielt sich an den besonderen Umständen des Falles auf.

Meir Avneri sah sie nicht ein einziges Mal an.

Als sie geendet hatte, setzte sie sich an ihren Platz und sammelte ihre Papiere in ihre Tasche.

„Schreiben Sie das Urteil", diktierte der Richter der Stenotypistin. „Gestützt auf die Anklage gegen den Beschuldigten und in Anbetracht der besonderen Umstände des Falles verhänge ich über ihn …" Seine Stimme war ohne Leben, heiser, kaum zu hören, „… 1000 Schekel Geldstrafe …" Erschöpft stand er auf und ging langsam hinaus.

Die Staatsanwältin drückte Miris Hände. „Ich freue mich für dich", sagte sie.

Zum ersten Mal, seit der Prozess begonnen hatte, stieg ein breites Lächeln in Miris Gesicht auf.

Assaf Jarden kam aufgeregt auf sie zu. „Sie haben eine ausgezeichnete Arbeit gemacht", sagte er. „Ich war sicher, dass der Richter eine viel schwerere Strafe über mich verhängen würde."

Ein Rechtsanwalt, der sich im Saal aufgehalten hatte, ging an ihr vorüber und beglückwünschte sie.

„Sagen Sie", wollte Assaf Jarden wissen, „ich habe nur eine Frage, die mich die ganze Zeit beschäftigt."

Sie warf ihm einen belustigten Blick zu, als ob sie schon wüsste, was er fragen wollte.

„Diese Briefe … Was sollte das?", fuhr Assaf fort.

„Was genau wollen Sie wissen?", fragte sie unschuldig.

„Sie wissen doch, dass nicht ich sie geschrieben habe."

„Ja, das weiß ich."

„Also … warum?"

Sie begann, auf den Aufzug zuzugehen, und er schritt an ihrer Seite.

„Ich werde Ihnen eine kleine Geschichte erzählen", sagte sie. „Es war einmal eine junge Anwältin, die gerade ihre Lizenz erhalten hatte und keine Arbeit finden konnte. Sie hatte einen alten Liebhaber, einen bekannten Richter, ihren Dozenten an der Universität, der für sie eine Empfehlung schrieb. Ein großer Teil von dem, was darin gesagt wurde, stimmte nicht. Das half ihr, eine ernst zu nehmende Stellung zu erhalten ..."

„Ich verstehe nicht so ganz ..."

Sie lächelte und fuhr fort: „Die Beziehung zwischen den beiden endete nach einiger Zeit, weil ihr Geliebter nicht den Mut und die Kraft hatte, seine Frau zu verlassen. Aber er vergaß die Anwältin, die er geliebt hatte, nicht, und eines Tages, ohne jegliche Vorwarnung, völlig durch Zufall, erscheint die Anwältin vor diesem Richter und vertritt einen Beschuldigten in einem Strafprozess. Der Richter befindet sich plötzlich in einer Lage, in der er denkt, er könne seinen Einfluss auf sie ausüben, um sie zu sich zurückzuholen. Er tut alles, damit sie gezwungen wird, nachzugeben und zu ihm zurückzukommen ..."

Assaf Jarden sah sie mit weit offenen Augen

an. „Deshalb war er so stur?", fragte er stotternd.

„Genau."

„Und die Briefe, die Sie herausgezogen haben?"

„Das war mein einziger Weg, ihn zu klarem Verstand zurückzubringen. Sobald er begriffen hatte, dass dies die Briefe sind, die er selbst mir geschrieben hatte, der Anwältin, seiner Geliebten, sobald er begriffen hatte, dass die Journalisten jedes Wort notierten und dass seine Frau sie morgen in der Zeitung lesen und vielleicht jedes Wort darin identifizieren würde, bekam er es mit der Angst zu tun ..."

„Deshalb hat er eine Pause gemacht und Sie in sein Büro gerufen ..."

„Ja. Als ich zu ihm kam, flehte er mich an, darauf zu verzichten, die Briefe weiter vorzulesen. Und ich stimmte gegen ein Versprechen zu ..."

„Dass er sich wieder wie ein Mensch benahm."

„Richtig. Sein Versprechen hat er vollständig gehalten", stellte sie fest.

Der Aufzug kam und entließ aus seinem Inneren Anwälte, die zu Verhandlungen in den nahe gelegenen Sälen eilten. Miri Alon drückte Assaf Jardens Hand, verabschiedete sich von ihm und

fuhr in gehobener Stimmung zu ihrem Büro. Ihr
erster Fall als selbstständige Rechtsanwältin lag
bereits hinter ihr.

Sohn eines Rechtsanwalts

Schon am ersten Tag, vielleicht sogar in der ersten Stunde, in der ich im Gymnasium „Alonim" in die Klasse 10b trat, war mir völlig klar, dass dies kein Ort für mich war. Wenn ich mich nicht davor gefürchtet hätte, was meine Mutter sagen oder tun würde, wäre ich einfach wieder hinausgegangen, bevor die Stunde begann, und nie mehr zurückgekommen. Eigentlich, wenn ich über die ganze Sache nachdenke, fällt mir ein, dass ich von Anfang an überhaupt nicht dort lernen wollte. Ich wollte im Süden der Stadt bleiben, zusammen mit meinen Freunden, auch wenn der Unterricht dort, ich gebe es zu, vielleicht auf einem etwas weniger hohen Niveau lag. Aber meine Mutter hatte auf dem Gymnasium „Alonim" bestanden und mein Vater, der am Anfang auf meiner Seite gewesen war, hatte ihr am Ende nachgegeben.

Das Gymnasium „Alonim" war das renommierteste in der Stadt, eine Schule mit einer prominenten Vergangenheit – viele ihrer Absolventen waren zu bedeutenden Leuten im Land geworden. Sie war in einem repräsentativen Gebäude untergebracht und hatte eine Reihe von herausragenden Lehrern. Wenn man in meinem Stadtteil wohnte, gab einem das „Alonim" auch noch einen Pluspunkt – genau wie die Punkte, die man verdienen konnte, wenn die Eltern ein Auto oder ein Motorrad hatten, von denen die meisten Leute im Viertel nur träumen konnten.

Wie ich bereits erzählt habe, war mein Vater dagegen, dass ich die Schule im Süden verließ, weil er wie ich meinte, dass es besser war, mich nicht von meiner Umgebung und meinen Freunden zu trennen. Er war ein einfacher Polizist mit großer Lebensweisheit, der verstand, dass das „Alonim", in dem vor allem Söhne von Reichen und bedeutenden Persönlichkeiten lernten, nicht der Boden war, auf dem ich leicht wachsen würde. Aber meiner Mutter war es furchtbar wichtig, und mein Vater dachte nicht, dass es sich lohnte, mit ihr deshalb zu streiten. Ich meine, dass er sie sehr liebte und ihr, wenn sie schon um etwas bat – sie bat selten um etwas –, nichts abschlagen wollte. Am Ende gab mein Vater nach, meine Mutter siegte und ich verlor.

☙ ❧

Als ich also in der ersten Stunde die Klasse betrat, dachte ich, dass alle, wie man es immer in Büchern liest, neugierige Blicke auf mich werfen würden. Ich war sicher, alle Augen würden sich in meine Richtung wenden und alle sich fragen, wer dieser Schüler war, der unsicher aussah wie ein Kaninchen in einem Löwenkäfig. Ich suchte mir einen Platz in einer freien Bank, und sie quatschten miteinander, als ob ich überhaupt nicht da wäre. Es war eine in sich geschlossene Gruppe. Immerhin waren die meisten von ihnen seit Beginn der Mittelstufe an dieser Schule, ein Teil von ihnen hatte schon in den unteren Klassen zusammen gelernt, und ich kam direkt in die zehnte Klasse. Aber sie hatten noch etwas, das sie über die Tatsache des gemeinsamen jahrelangen Lernens vereinte: Zuerst einmal waren sie anders gekleidet. Sie hatten zum Beispiel T-Shirts der Band „U2", als man diese Shirts noch nicht in Israel kaufen konnte. Oder Schuhe. Sie hatten New Balance Laufsport-Schuhe, die man damals ebenfalls nur im Ausland erwerben konnte. Oder Swatch-Uhren und neue Taschen und all das. Die Mädchen waren weiter entwickelt als diejenigen, die ich aus meiner Schule kannte. Alle wohnten in denselben Stadtvierteln, gingen in dieselben Discotheken, ihre Eltern verbrachten Zeit miteinander. Welche Chance hatte ich da schon?

✎ ✎

Es gab dort einen Jungen, den Anführer der Klasse und der Stufe. Später wurde mir klar, dass er auch der Vorsitzende des Schülerkomitees in der Schule war. Es war unmöglich, ihn nicht zu beachten. Er hatte einen Namen, den man schwer vergessen konnte, und sein Vater war der bekannteste und reichste Rechtsanwalt in der Stadt. Eliaschiw Hardof hieß der Junge. Er war hochgewachsen, mit langem blondem Haar, einem ziemlich hübschen Gesicht und so weiter. Wenn er sich in der Pause herumtrieb, umgeben von Freunden, war mir klar, dass in Wirklichkeit er die Schule leitete und nicht der Direktor. Im Laufe der ersten Tage gab es Schüler, die ein oder zwei Worte mit mir wechselten, es gab welche, die mich um ein Heft zum Abschreiben baten oder einfach so etwas fragten. Er war der Einzige, der überhaupt nicht mit mir sprach. Es war, als wäre auf mir irgendein Kainszeichen, ohne jeden Grund. Soll ich sagen, dass mich das unberührt ließ? Es berührte mich, es ärgerte mich, eine Nacht konnte ich deshalb sogar vor Kummer nicht einschlafen.

Meine Mutter verstand, dass ich irgendein Problem in der Schule hatte, und sie fragte mich, warum ich so nervös sei, so unausgeglichen, und fast nicht mit ihr spreche. „Das ist wegen dem Lernen", sagte ich. „Es ist, weil ich in meinem Leben noch nie so viel lernen musste." Ich freute mich, dass sie mir die Geschichte abkaufte und mich nicht zwang, ihr die Wahrheit zu erzählen.

An Chanukka[2] organisierte die Schule eine große Party mit einem Discjockey und allem Drum und Dran. Ich forderte ein paar Mädchen zum Tanzen auf, trank mit ein paar Jungen Bier. Einfach so. Aber daraus entstand nichts Bedeutsames. Auf der Chanukkaparty tranken alle etwas Bier, es war keine schlechte Stimmung, und auch Eliaschiw wirkte auf mich fröhlich und nicht destruktiv. Ich überlegte mir, vielleicht da-

---

2 Achttägiges jüdisches Lichterfest, das an die Wiedereinweihung des Jerusalemer Tempels im 2. vorchristlichen Jahrhundert durch die Makkabäer erinnert. Es fällt in die Advents- und Weihnachtszeit (d. Übers.).

durch das Eis zu brechen, dass ich irgendeine Verbindung mit Eliaschiw knüpfte, allen zeigte, dass es zwischen uns eine Art Freundschaft gab, dass ich bewies, dass ich den Koscherstempel (das Reinheitszeichen; d. Übers.) des Klassenkönigs erhalten hatte. Deshalb erwog ich, ihn zu fragen, wie viel Uhr es sei, aber das schien lächerlich. Ich hätte fragen können, ob er mir in den Ferien den Stoff für den Geschichtstest geben könne, um quasi zu ergänzen, was mir fehlte. Aber auch das war Unsinn. Ich war kein weniger guter Schüler als er, und noch nie hatte ich von jemandem Hefte genommen.

Am Ende dachte ich an etwas, das am natürlichsten wirken konnte. Ich nahm zwei Dosen Cola und stellte mich neben ihn, ohne dass er es merkte. Ich trank aus einer Dose, und als er in meine Richtung schaute, reichte ich ihm die zweite und fragte: „Willst du?" Sein Blick glitt über mich hinweg, als ob ich Luft wäre. Er nahm Dalit, das schönste Mädchen der Klasse, die neben mir stand, und zog sie auf die Tanzfläche. Ich konnte nicht ertragen, dass er nicht einmal „nein, danke" oder etwas in der Art gesagt hatte.

In der Zeit danach schlug ich mehreren Mädchen vor, mit mir ins Kino oder in die Discothek zu gehen, aber keines war einverstanden. Letztlich bedeutete diese Party keinen großen Durchbruch in meinen gesellschaftlichen Beziehungen in der Schule.

෨ ෩

Zu Hause fragte ich meinen Vater, ob er von Rechtsanwalt Hardof gehört habe.

„Was soll das heißen", antwortete mein Vater, „jeder hat von ihm gehört."

„Bist du ihm persönlich begegnet?", fragte ich.

„Mehrere Male", sagte Vater. „Ich habe in Strafprozessen ausgesagt, Hardof war der Verteidiger. Warum fragst du?"

„Weil ich mit seinem Sohn zusammen lerne", sagte ich.

„Oh", meinte mein Vater. „Warum lädst du ihn nicht einmal zu dir ein?"

Ich sagte: „Mal sehen."

Am nächsten Morgen, in der Klasse, fasste ich Mut und ging zu Eliaschiw. Er sah mich an, als ob er sich wunderte, wie ich das wagen konnte. „Ich habe einen Gruß von meinem Vater an deinen Vater", sagte ich.

Jetzt sah er mich schon. „Wer ist dein Vater?", fragte er.

„Mein Vater ist Schimon Cohen, ein Polizist

70

im Bezirk Tel Aviv, er hat deinen Vater viele Male im Gericht getroffen."

„Ah", meinte Eliaschiw und trat zu seinen Freunden.

Ein oder zwei Tage vergingen. In der Pause kam Eliaschiw an mir vorbei, blieb stehen und sagte mit demonstrativer Verachtung: „Mein Vater weiß überhaupt nicht, wer dein Vater ist."

Ich war sicher, dass er einfach nur log, weil es ihm vielleicht nicht angenehm war zu zeigen, dass sein Vater irgendeine Verbindung zu meinem Vater hatte. Ich sagte meinem Vater nichts, aber zur ersten Elternversammlung, ein paar Wochen später, kamen meine Eltern in die Schule, und dort war auch Rechtsanwalt Hardof. Ich sah von Weitem, wie mein Vater zu ihm trat. Hardof war mitten in einem Gespräch mit dem Direktor und dem Klassenlehrer. Mein Vater wartete etwas, bis sie einen Augenblick still wurden, und sprach Hardof an. Ich sah, wie Hardof ihn mit kleinen Augen anblickte, die Art Blick, wenn man versucht, sich zu erinnern, wer jemand ist; danach nickte er ein wenig und sprach weiter mit dem Direktor. Mein Vater kam zu uns zurück und sagte mir nichts, aber ich wusste, dass Eliaschiw die Wahrheit gesagt hatte: Sein

Vater erinnerte sich überhaupt nicht an meinen Vater.

~ ~

Es wäre übertrieben zu behaupten, dass ich mich mit der Tatsache abfand, jetzt für drei Jahre der Außenseiter der Klasse zu sein. Es war mir nicht egal. Inzwischen ereignete sich eine Wendung, die Gutes verhieß – wir zogen um. Vor Pessach[3] zogen wir aus den zwei Zimmern, die wir im Süden bewohnten, in drei Zimmer in einer kleinen Straße neben dem Dizengoff Center. Mein Vater nahm große Kredite bei der Polizei und bei Banken auf, meine Mutter ihrerseits nahm eine Anleihe von ihrem Arbeitgeber, und wir zogen in den zweiten Stock eines alten, aber gut instand gehaltenen Hauses, das sich in einer sogenannten guten Wohngegend befand. Vielleicht hätte ich meine Klasse nicht zu einer Party in meinem alten Haus eingeladen, aber hier war, so dachte ich, ein entschieden passender Ort und die beste Gelegenheit, meine Beziehungen in der Klasse zu verbessern.

---

3 Pessach oder das Passahfest erinnert an den Auszug der Israeliten aus Ägypten in biblischer Zeit – es wird im Frühling gefeiert (d. Übers.).

Ich ging zu jedem Einzelnen von den Jungen und den Mädchen und gab ihnen persönlich eine Einladung, die ich getippt hatte. Ich sah auf ihren Gesichtern nicht wer weiß was für eine Begeisterung, aber die meisten sagten, dass sie kommen würden. Als der Freitag kam, kaufte ich Häppchen, Getränke und lieh ein paar neue Schallplatten aus, entfernte meine Eltern aus dem Haus und wartete aufgeregt.

Ich stand auf dem Balkon, bis ich die Ersten kommen sah. Vor Erleichterung atmete ich einmal tief auf. Es kamen recht viele aus der Klasse, wir tanzten, wir redeten etwas, man stellte mir Fragen nach der Familie, nach dem Stadtteil, in dem wir davor gewohnt hatten. Vielleicht eine Stunde verging, und niemand wurde richtig warm. Die Atmosphäre war etwas gezwungen, nicht gerade die Art, die Partys zum Erfolg macht. Derjenige, der zum Erfolg des Abends hätte beitragen können, ihm etwas mehr Leben hätte einhauchen können, wie er es sonst immer tat, saß auf dem Sofa, flirtete die ganze Zeit mit Dalit, warf Häppchenkrümel auf das Sofa und auf den Fußboden und beachtete mich nicht.

Ungefähr um halb elf erhob sich Eliaschiw Hardof und flüsterte mehreren Jungen und Mädchen etwas ins Ohr. Sie brachen in Gelächter aus und begannen, einer nach dem anderen mit allen möglichen Ausreden die Party zu verlassen. Meine Wohnungseinweihungsparty war lange vor Mitternacht dahingestorben, und als mein Vater und meine Mutter zurückkamen, war schon die ganze Wohnung aufgeräumt, als wäre nichts geschehen. Sie brauchten nichts zu fragen, sahen nur mein Gesicht an. Auch ich sagte nichts, ich ging in mein Zimmer, schloss die Tür, steckte den Kopf ins Kissen und schrie wie ein Verrückter, bis ich fast erstickte.

Am Sonntag, in der Klasse, sagten mir nur zwei Mädchen, dass es ihnen gefallen hätte. Der ganze Rest erwähnte die Party überhaupt nicht. Eliaschiw sah mich nicht an, wie gewöhnlich. Als die Mathematiklehrerin die Tests austeilte, schlug er mit seiner Faust auf den Tisch und rief, dass es alle hörten: „Ja! Ich habe 90 bekommen!" Kein anderer pflegte stolz auf seine Noten zu sein, obwohl vielleicht einer oder zwei mehr bekommen hatten. Ich zum Beispiel hatte 92 bekommen, aber ich brachte keinen Ton heraus. Eliaschiw liebte es immer, sich zu verhalten, als wäre er der Klassenbeste, als stünde ihm alles zu. Bis heute weiß ich nicht, ob alle das ohne Murren hinnahmen aus Angst oder wegen ihrer Achtung vor ihm. Einmal, als die Stunde endete, stellte er sich auf den Tisch und schrie: „Bye euch allen, heute Nacht bin ich in London!"

Jemand fragte, für wie lange. „Nur für ein Weekend, wie gewöhnlich", antwortete er lachend, und ich hasste ihn in dem Augenblick, wie man sagt, mit all meiner Kraft[4].

Am Morgen, nachdem er aus London zurückgekehrt war, brachte Eliaschiws Mutter ihn in ihrem Luxuswagen zur Schule. Er stieg mit einer Tasche voller Geschenke aus und verteilte sie an seine Freunde. Nicht, dass ich von ihm ein Geschenk erwartet hätte, aber wenn man sieht, dass alle etwas bekommen und nur man selbst nicht, macht es einem etwas aus, auch wenn man beschließt, dass einem diese Geschenke nichts bedeuteten. An jenem Tag gab die Lehrerin die Arbeiten im Fach Sport zurück. Ich bekam die beste Note in der Klasse und sie sagte es allen. Als Erstes sah ich auf Eliaschiw. Er bückte sich und begann, mit jemandem zu sprechen, der in der Bank neben ihm saß, als würde ihn das, was die Lehrerin zu meiner Ar-

_____

4 Anspielung auf 5. Mose 6,5; d. Übers..

75

beit sagte, nicht interessieren. Nicht nur, dass es ihm anscheinend nichts ausmachte – es nervte mich, dass er vor allen demonstrativ nichts beachtete, was mit mir zu tun hatte. Wenn ich ein schlechter Schüler gewesen wäre, hätte er mich vielleicht einfach nur ignoriert und sich nicht so demonstrativ abgewandt. Aber als er sah, dass ich ein vielleicht noch besserer Schüler war als er, verschärfte das seine Abneigung. Ich dachte, dass ich mich vielleicht mit ihm treffen und ihm sagen müsste, dass es reichte, aber ich verwarf den Gedanken schnell. Nichts, wusste ich, würde Eliaschiw dazu bringen, sich anders zu verhalten.

☙ ❧

Einige Tage nach den Pessach-Ferien, ich erinnere mich daran, als wäre es heute, kam mein Vater spät nach Hause und tat etwas, was er normalerweise nicht tat: Er holte mich aus dem Schlaf. „Hör zu", sagte er, „ich muss dir etwas erzählen, was mir heute bei der Polizei passiert ist." Er erzählte mir fast nie von seiner Arbeit, und soweit ich mich erinnere, war in seinen Augen nichts davon je so wichtig gewesen, dass er mich deshalb mitten in der

Nacht geweckt hätte. Er fragte, ob ich in der Zeitung von dem großen Betrug einiger Geschäftsleute gelesen hatte, die vom Staat viele Millionen entwendet hatten, durch irgendeinen Trick, der mit Scheinfirmen zu tun hatte oder so etwas.

Ich wusste etwas darüber. Schon seit mehreren Tagen brachten die Zeitungen, Radio und Fernsehen ohne Ende diese Geschichte. „Ich habe es gelesen", sagte ich.

Mein Vater setzte sich auf mein Bett. „Hör dir die Geschichte an", sagte er. „Dieser ganze Betrug wäre vielleicht nie aufgedeckt worden – er war so ausgeklügelt, so geschickt eingefädelt, und nur durch Zufall, wirklich durch Zufall, hat ihn ein kleiner Angestellter im Finanzministerium aufgedeckt."

„Also warum ist das alles plötzlich so wichtig?", fragte ich.

„Es ist wichtig", erklärte mein Vater, „weil wir heute den Mann festgenommen haben, der an der Spitze dieser Leute stand – es ist der Vater des Jungen, der mit dir lernt."

Ich schrie fast: „Wer ist es?" Ich kam nicht darauf, wer es sein könnte.

„Rechtsanwalt Hardof", sagte mein Vater. „Wer hätte das gedacht."

Ich sprang aus dem Bett. „Hast du ihn selbst festgenommen?"

„Ja", antwortete mein Vater. „Ich bin zu ihnen nach Hause gefahren. Dort war dieser Rechtsanwalt, der bei der Elternversammlung so getan hat, als würde er sich nicht an mich erinnern, und auch sein Sohn war da. Als die Mutter hörte, dass ich gekommen war, um ihn festzunehmen, sank sie sofort auf einen Stuhl und brachte kein Wort mehr heraus.

Der Rechtsanwalt versuchte, eine gleichgültige Miene aufzusetzen. ‚Hören Sie, ich kenne Sie', sagte er zu mir, ‚sind Sie nicht der Vater des Jungen, der mit meinem Jungen lernt?'

‚Ja', sagte ich.

Er versuchte, noch etwas zu sagen, aber plötzlich hatte er Tränen in den Augen. Dieser unnachgiebige, überhebliche Mann stand einfach da und weinte. Er war wirklich zerbrochen, als wäre die ganze Welt über ihm zusammengestürzt. Alles arrogante Gehabe verschwand. Seine Schultern gaben nach, die Hände zitterten.

Sein Sohn stand dort, sein Gesicht war bleich wie Kalk und die Augen mir zugewandt. Er konnte seinen weinenden Vater nicht ansehen, wandte sich zu mir und sagte: ‚Sie sind Jigals Vater, stimmt's?‘ Ich nickte.

Er wollte noch etwas sagen, aber die Worte blieben ihm im Hals stecken.

Ich nahm seinen Vater mit und wir stiegen in den Streifenwagen, der am Hauseingang wartete."

„Ist das dein Ernst?", fragte ich. „Habt ihr Beweise?"

„Wir haben alle Beweise", erklärte mein Vater. „Wir haben schon die ganze Gruppe festgenommen und alle sagen, dass die Initiative von Hardof ausging. Er wird für viele Jahre ins Gefängnis kommen."

❧ ❧

Am Morgen kam Eliaschiw Hardof erst zur zweiten Stunde in die Schule. Er versuchte, sich zu verhalten, als ob nichts passiert wäre. Die anderen hatten die Neuigkeit sicher schon gehört. Er sprach mit ihnen und lachte sogar, aber mich konnte er nicht täuschen. Ich sah in seinen Augen die Sorge, die Angst und die Unsicherheit. Zum ersten Mal sah ich bei ihm einen solchen Ausdruck.

In der Pause kaufte er zwei Dosen Cola, kam

zu mir herüber und reichte mir eine.

„Willst du?", fragte er.

Ich hätte ihm sagen können, dass er von mir aus die Cola behalten könne. Ich hätte mich auch umdrehen und gehen können, ohne etwas zu sagen, mich ihm gegenüber verhalten, als wäre er Luft, genau wie er sich mir gegenüber verhalten hatte. Aber ich tat weder das eine noch das andere.

Ich stand nur da und schaute ihm in die Augen, bis er den Blick senkte.

Seine Hand blieb zu mir ausgestreckt und bewegte sich nicht, bis ich die Cola nahm. Ich öffnete die Dose und trank. Vorher dachte ich, dass ich mich dann wie auf Wolken fühlen würde, aber die Wahrheit ist, dass ich ziemlich traurig war.

Letzte Bitte

Schon vor langer Zeit hatte er begriffen, dass es unvermeidlich war, mit all dem damit verbundenen Schmerz. Viele Male hatte er in allen Einzelheiten vor seinem geistigen Auge gesehen, was er tun würde, wenn die Zeit kam – und trotzdem, als es jetzt so weit war, fühlte er ein Kneifen im Herzen und ein Würgen im Hals. Der Abschied von der Aufgabe, vom Arbeitspensum, das immer einen klaren Verstand gefordert hatte, war für ihn ein schwieriges und trauriges Ereignis.

Seine Hand zitterte leicht, als er die Dinge, die sich in Dutzenden von Arbeitsjahren in seiner Tischschublade angesammelt hatten, in eine einfache Plastiktüte raffte. Dort lagen ein paar Stifte, Fotos von feierlichen Anlässen in der Firma und einige Zeugnisse von Fortbildungen, die er absolviert hatte. Und dort war auch ihr Bild. Er drehte die Fotografie in seiner Hand um, als wollte er das Mädchen auch jetzt vor den Augen der Welt verbergen, es einzig und allein für sich bewahren. Die Erinnerung an ihre Gestalt, den Klang ihrer Stimme, die große Liebe, die in seinem Herzen im Laufe all der Jahre entstanden war … Wieder spürte er die Trauer über das verlorene Glück, das ihm ein einziges Mal so nah gewesen und dann ohne Wiederkehr verschwunden war. Dort, an seinem letzten Tag im Büro, überflüssige Papiere vernichtend und seine wenigen Andenken sorgfältig für sich einsteckend, stiegen in ihm mit vermehrter Kraft die Gedanken über das Versäumnis auf. Wenn sie den ganzen Weg mit ihm gegangen wäre, wenn sie jetzt bei ihm gewesen wäre, hätte sie ihm sicher geholfen. Der Schmerz über den erzwungenen Abschied wäre leichter geworden und er hätte neue Hoffnung gespürt.

꜋ ꜌

Um sechs Uhr dreißig am Morgen schaute ein grauer Himmel durchs Schlafzimmerfenster. Ein Hund bellte im Hof des Nachbarhauses, und ein Bote auf einem Motorrad ließ die zusammengerollte Zeitung auf den vorderen Rasen fliegen. Nichts deutete darauf hin, dass ein Tag begonnen hatte, der anders war als gewöhnlich, auch wenn es für ihn tatsächlich der Anfang einer neuen Lebensphase war, anders als alles, was er kannte, und mit Sicherheit nicht besser.

Das Zimmer war kalt, als er sich im Bett aufrichtete, sich ausstreckte und die letzten Fäden Schlaf von sich schüttelte. Er hatte in der Nacht wenig geschlafen. Das feierliche Abschiedsessen, das die Leitung am Vorabend in einem separaten Speisezimmer eines Hotels in Tel Aviv für ihn gegeben hatte, war gespickt gewesen mit Worten der Wertschätzung für die Erfolge, die in seiner Zeit als Mitglied der Geschäftsleitung erreicht worden waren. Die Atmosphäre war angenehm und freundschaftlich gewesen, obwohl ihm klar war, dass keiner der Anwesenden sich am folgenden Morgen an seine Telefonnummer erinnern würde – wenn er nur noch ein bedeutungsloser Name auf einer langen Liste von Rentnern wäre, die gezwungen waren, im Alter von fünfundsechzig Jahren ihren Abschied zu nehmen.

Er hatte viel Geld von seiner betrieblichen Altersversicherung erhalten, ein schönes Geschenk von der Leitung und kleine Geschenke von den übrigen Anwesenden, denen ähnlich lautende Glückwunschkarten beigefügt waren. Seine treue Sekretärin hatte gesagt, dass nach seinem Fortgang nichts mehr sein würde, wie es gewesen war, und hatte ihn unter andauernden Beifallsbekundungen auf die Wangen geküsst.

Der Geschäftsführer und seine Frau hatten ihm die Hände gedrückt, töricht gelächelt und gesagt: „Genieß das Leben, hörst du?" Er hatte sich schwergetan zu verstehen, was genau er machen musste, um sich mit der neuen Wirklichkeit abzufinden, in der er am kommenden Morgen aufwachen würde.

Die Geschenke stapelten sich auf dem Tisch im Gästezimmer seiner Wohnung, die meisten noch eingepackt. Er war nicht neugierig, sie zu öffnen. Was konnte einem Menschen schließlich schon Überraschung oder Freude bereiten, der etwas brauchte, was keiner der Schenkenden ihm zu geben vermochte? Eilig, wie an jedem Morgen, trat er auf die Terrasse, nahm die Morgenzeitung und machte sich eine große Tasse Kaffee. Der Wind schlug die Tür hinter ihm zu, die er offen gelassen hatte, und das Geräusch des Zuschlagens hallte in dem großen Haus wider wie ein Donner, der mit der Gewalt eines Wintersturms daherkam. Danach umgab ihn Stille. Kein überflüssiges Geräusch, kein Telefonklingeln. Wie ein Friedhof, dachte er, wie ein Friedhof, auf dem sein Leben enden würde.

༄ ༄

„*Mein Geliebter,*
ich höre nicht auf zu weinen seit dem Augenblick, in dem wir uns getrennt haben. Die Berührung Deiner Lippen auf meinen Lippen, die letzte Berührung, war so zart und liebevoll und schmerzhaft. Ich hoffe sehr, dass unsere Trennung kurz sein wird, dass wir bald wieder beisammen sein werden, weil ich es ohne Dich nicht aushalten kann. Die Tage und die Stunden mit Dir waren wie eine einzige Begegnung, die endlos dauerte … Ich finde in mir nicht die Kraft zu schreiben. Die Tränen, die das Blatt beflecken, sagen mehr als alle Worte. Auf Wiedersehen, mein Teurer, ich höre nicht auf zu hoffen, auf den Tag zu warten, an dem wir wieder beisammen sein werden …"*

Wieder las er ihren letzten Brief, die Briefe, die ihm vorangegangen waren, und alle Karten, die sie ihm jemals geschrieben hatte („*Es war wunderschön wie immer, Küsse*"). Ihre Fotos breitete er auf dem Tisch aus und fühlte auch diesmal, und vielleicht vor allem diesmal, den Schmerz über ihr Weggehen ohne Wiederkehr.

Sie waren damals noch halbe Kinder gewesen, er ein achtzehn Jahre alter Soldat, und sie eine Oberschülerin von siebzehn Jahren, die sich auf einer Party bei gemeinsamen Freunden kennengelernt hatten und seitdem unzertrennlich waren. Zwei schöne Liebende, er hochgewachsen und schlank, mit hellem Haar und grünen Augen, sie mit einem langen schwarzen Zopf, blauen Augen, einem wohlgeformten Körper. Erste Liebe, mitreißend, stürmisch, unvergesslich. Sie hatten geschworen, ihr ganzes Leben zusammen zu sein, hatten von dem Haus geträumt, in dem sie wohnen würden, die Zahl der Kinder festgelegt (fünf) und die Stationen der Karriere und der Berufe, die sie ergreifen würden. Er wollte Maschinenbautechnik studieren, sie plante ein Jurastudium.

Sie hatten es nicht leicht. Der Befreiungskrieg war auf seinem Höhepunkt, die Kämpfe an der Front waren schwierig, die Urlaube selten und kurz. Wenn sie zusammen waren, für die Dauer einer Nacht oder für einige einzelne Stunden, erzählte er nichts von den Kampfhandlungen, von den Verwundeten, von den Getöteten, von der furchtbaren Angst.

Eines Morgens, nachdem er von ihr zurückgekehrt war, wurde seine Brigade nach Süden geschickt, um sich an einem Angriff auf eine Bastion der Briten zu beteiligen, die als Stützpunkt an der Straße zum Negev stationiert war. Die israelischen Verteidigungsstreitkräfte schickten ihre besten Soldaten in den Einsatz, aber die blutigen Kämpfe endeten mit einem israelischen Rückzug. Er wurde verwundet und bewusstlos in ein israelisches Militärkrankenhaus eingeliefert.

Als er erwachte, einige Tage danach, wunderte er sich, sie nicht an seiner Seite zu finden. Niemand sagte ihm ein Wort, aber seine Sinne spürten Schlimmes.

Als er aus dem Krankenhaus kam, lief er zu ihr nach Hause. Die Wohnung war verschlossen. Nachbarn erzählten ihm, dass die Familie ihre Sachen gepackt hatte und aus Israel ausgewandert war. „Sie haben sich die ganze Zeit vor dem Krieg gefürchtet", sagten sie ihm. Einige Zeit später erhielt er von ihr einen Brief voller Sehnsucht, der sich dafür entschuldigte, dass sie gezwungen gewesen sei, mit ihren Eltern zu fahren, „zu desertieren", wie sie schrieb. Er antwortete sofort, versprach, zu ihr zu kommen, wenn der Krieg beendet sein würde. „Ich werde warten", versprach auch sie.

Aber plötzlich kamen keine Briefe mehr von ihr. In seiner Verzweiflung fuhr er fort zu schreiben, um Erklärungen zu bitten. Die Kämpfe dauerten an, viele seiner Kameraden fielen und auf dem schrecklichen Höhepunkt der Trauer erhielt er von ihr einen weiteren Brief. In trockener

Sprache schrieb sie ihm von ihrer bevorstehenden Hochzeit mit dem amerikanischen Kompagnon ihres Vaters und wünschte ihm alles Gute. „Ich liebe ihn nicht so, wie ich Dich liebe", schrieb sie, „aber meine Eltern benötigen Geld und diese Hochzeit wird ihnen helfen. Ich habe nicht die Kraft, gegen sie zu kämpfen ..."

Der Krieg ging zu Ende, aber sein Schmerz blieb. Er empfand Schmerz über seine Freunde, die den Sieg nicht mehr miterlebten, er empfand Schmerz über seine Geliebte, die sich für einen anderen entschieden hatte. Als er aus der Armee entlassen wurde, deprimiert, ohne die Willenskraft, ein Studium zu beginnen, übernahm er Gelegenheitsarbeiten, wurde in einem Kibbuz aufgenommen, verließ ihn aber nach einer gewissen Zeit wieder. Schließlich heuerte er auf einem Handelsschiff als Mechanikerlehrling an. Als er nach vielen Monaten auf dem Meer zurückkehrte, in sich selbst verschlossen, bitter und zynisch, schrieb er sich am Technion in Haifa für ein Ingenieurstudium ein. Nach dem Abschluss wurde er in der Industrie angestellt und führte ein Einsiedlerleben, asketisch, ohne tieferen Kontakt zu irgendjemandem. Er hatte Frauen, die er zu lieben versuchte, in deren Gesichtern er *ihr* schönes Gesicht suchte, Frauen, die sich vergeblich bemühten, ihm Wärme zu entlocken. Er heiratete eine von ihnen, aber seine Ehe hielt nicht einmal ein Jahr. Die Erinnerungen und die Träume erschwerten es ihm, Beziehungen einzugehen, aus sich herauszugehen, einer Frau das zukommen zu lassen, was so tief in ihm vergraben und nur für *sie* aufbewahrt war, für seine ferne Geliebte.

An seinem dreißigsten Geburtstag ging er zum ersten Mal zu einem Psychologen, gab aber nach zwei Jahren die Therapie auf. Die Zeit verging, er vergrub sich noch und noch in die Arbeit, stieg schnell in der Firma auf, und sechs Jahre vor dem Pensionsalter wurde er zum Stellvertreter des Geschäftsführers ernannt.

❧ ❧

Ihre Bilder lagen in der Schublade seines Schreibtischs im Büro und auf seinem Arbeitstisch zu Hause. Sie waren wie eine Zuflucht für seine Gedanken, wenn es ihm schlecht ging. Die Sehnsucht beherrschte ihn nach wie vor und störte von Zeit zu Zeit sein Denkvermögen. Einmal, auf einer seiner Geschäftsreisen in die Vereinigten Staaten, konnte er sich nicht beherrschen und fuhr zu der Anschrift, die ihr letzter Brief getragen hatte. Sie wohnte nicht mehr dort, sagten ihm die Nachbarn, aber sie lieferten ihm das Ende eines Fadens – den Namen ihres Mannes. Im Telefonbuch machte er dessen Nummer aus. Die Stimme der Frau, die ihm von der anderen Seite der Leitung antwortete, hatte sich im Laufe der Jahre fast nicht verändert.

„Hi", sagte er mit aufgeregter Stimme, seine Hand, die den Hörer hielt, zitterte.

„Wer ist da?", fragte sie auf Englisch mit einem kühlen und sachlichen Ton.

Er unterbrach sofort das Telefongespräch. Lange Zeit starrte er auf den stummen Hörer. Blut strömte in sein Gesicht, und sein Herz klopfte stark.

Seitdem hatte er sie noch mehrere Male angerufen, von seinem Büro im Industriegebiet im Norden Tel Avivs aus, von Hotels im Ausland, in denen er sich für Geschäfte aufhielt. Einige Male hatte ihm die Stimme eines Mannes geantwortet, einige Male hatte die Stimme einer Frau geantwortet. Jedes Mal hatte er sich beeilt, sofort den Hörer aufzulegen.

Er hasste sich dafür, dass er das tat, dass er sich nicht zu erkennen gab, aber er entschuldigte das für sich damit, dass sie jetzt eine verheiratete Frau sei, die ihr Leben lebte, fern von ihm, fern von den Erinnerungen ihrer Jugend, die mit den vergehenden Jahren wahrscheinlich verblasst und verwischt waren. Welches Recht hatte er jetzt, in diesen verschlossenen und geschützten Raum einzubrechen?

Eine warme Sonne vertrieb die Winterwolken. Die Türklingel schellte und ein alter Mann, bekleidet mit einem abgenutzten Anzug, bat um eine Spende für irgendein Zentrum für Thorastudien in Hebron. Aus seiner Brieftasche zog er zehn Schekel, gab sie dem Mann und schloss die Tür, bevor er eine Empfangsbestätigung erhielt. Danach klingelte das Telefon und jemand bat um „einige Minuten von Ihrer Zeit, wenn möglich, um auf eine Anzahl von Fragen für eine landesweite Umfrage über den Bedarf an Magerquark zu antworten". Er weigerte sich, irgendeine dieser Fragen zu beantworten, goss französischen Kognak in ein Glas, las ohne Interesse die Zeitung und nahm kleine Schlucke von dem Getränk, was nicht zur Verbesserung seines Gemütszustandes beitrug.

Die Zeit verging langsam, im Radio wurden Interviews mit Politikern, Ökonomen und Experten zu den Umfragen für die anstehenden Wahlen gesendet. Er fand keine Ruhe, stand auf und ging in den Garten, schaute nach den Blumen, die er vor Kurzem gepflanzt hatte, und notierte sich, dass er den Gärtner daran erinnern musste, etwas mehr Gras zu säen, um die kahlen Stellen zu bedecken, die hier und dort herausschauten.

Am Mittag fuhr er mit dem Auto zu einem orientalischen Restaurant im Geschäftszentrum des Viertels, aß ein Steak, das zu sehr durchgebraten war, kehrte nach Hause zurück in der Hoffnung, dass er einen Mittagsschlaf machen könne, schaffte es aber nicht, ein Auge zu schließen. Ein seltsames Gefühl erfüllte ihn. Er war es gewohnt, von morgens bis abends zu arbeiten, war das fieberhafte Klingeln des Telefons im Büro gewohnt, die Unterlagen, die eine sofortige Bearbeitung erforderten, die Leute, die an seine Tür klopften – und plötzlich nichts, eine solche Leere, die seine Einsamkeit verstärkte, und die Nutzlosigkeit seiner schalen und erzwungenen Tätigkeiten, die jetzt seinen Tag ausfüllten.

Er schaute in seinen Terminplan für die nächsten Tage. Zwei Mittagessen mit Freunden, ein Konzert der Philharmonie. Es bestand für ihn keine Notwendigkeit, irgendeine Beschäftigung zu finden, Berater oder Vorstandsmitglied in einer Firma zu werden, wie viele seiner Freunde, die wie er in den Ruhestand gegangen waren. Geld brauchte er nicht, auch nicht die Gesellschaft von Leuten. Einmal hatte er gedacht, wenn er eine Fülle an freier Zeit habe, werde er sich für ein Geschichtsstudium einschreiben. Er liebte es sehr, Geschichtsbücher zu lesen, historische Abläufe fesselten ihn. Aber als er die Immatrikulationsformulare für die Universität erhielt, verschwand alle Lust. Er hielt sich nicht für fähig, irgendein geordnetes Studium aufzunehmen – in Gesellschaft von zig Jahre jüngeren Studierenden. Was willst du eigentlich? Ein Zweifel gebiert einen weiteren Zweifel, rügte er sich, gibt es etwas, was du überhaupt tun willst?

Ja, es gab etwas, das er schon lange hatte tun wollen.

꿈 ꤛ

Das Klingeln des Telefons klang scharf und nah. Eine Frau sagte: „Hallo."

Diesmal legte er nicht den Hörer auf, er fragte, ob sie es sei.

„Ja", antwortete sie.

„Erinnerst du dich noch an mich?", fragte er

mit schwacher Stimme. Seine Beine taten sich schwer, ihn zu tragen, und er empfand das Bedürfnis, sich zu setzen.

„Die ganze Zeit erinnere ich mich", sagte sie, als wären nicht so viele Jahre vergangen.

Sie hatte einen ausgeprägten amerikanischen Akzent. „Himmel, wo bist du die ganze Zeit gewesen?"

Er war verlegen, wie damals, als er zum ersten Mal ihre kleine Hand gehalten hatte: „Weiß ich es? Hier und dort ... Ich habe gelernt, ich habe gearbeitet ..."

„Warte, warte ... Ich muss mich erst beruhigen ... Was für eine Überraschung .... Von wo sprichst du?"

„Aus Tel Aviv."

„Wie kommt es ... Wie kommt es, dass du plötzlich anrufst? Weißt du, dass mein Geburtstag ist?"

„Ich weiß es, deshalb ..."

„Erstaunlich, wie du dich erinnert hast. Mir scheint, dass schon tausend Jahre vergangen sind."

„Ich habe keinen Augenblick vergessen", wagte er zu sagen.

Schweigen fiel auf sie.

„Bist du noch dran?"

„Ich bin hier, bei dir", ihre Stimme klang plötzlich so fern. „Plötzlich fühle ich mich wie in einem Zeittunnel, kehre zurück in die Zeiten, in denen ich dich so sehr geliebt habe. Seit wir Israel verlassen haben, gab es keinen Tag in meinem Leben, an dem ich nicht Schmerz empfunden hätte über unsere Trennung, es gab keinen einzigen Tag, an dem ich aufgehört hätte, dich zu lieben … Nicht ich habe beschlossen zu gehen. Ich war siebzehn, du weißt es. Meine Eltern, die Flucht aus Israel, die Einwanderung nach Amerika, sie haben mich verwirrt, haben mein Denken verwischt. Später war schon nichts mehr, wie es gewesen war. Man hat mich mit diesem Mann bekannt gemacht, meinen Eltern war es wichtig, dass ich ihn heirate, man hat mich Tag und Nacht bearbeitet, und schließlich ist es passiert. Er ist ein guter Mann und sorgt für uns alle …"

Sie schwiegen beide, und danach sagte sie mit sanfter Stimme: „Bis heute passiert es, dass … Manchmal sehe ich dich in meinen Träumen, in den Augenblicken, wenn ich allein bin. Jedes Bild eines israelischen Soldaten in einer Zeitung verursacht mir Herzklopfen, ich sehe es an und suche dich …"

„Ich muss dich wiedertreffen", sagte er. „Dich

nur ein Mal sehen, ein einziges Mal, und nicht mehr … Wenn du einverstanden bist, kann ich mich heute Nacht in ein Flugzeug setzen und morgen kommen …"

„Wozu?" In ihre Stimme mischte sich ein Unterton von Furcht. „Welchen Nutzen kann ein Treffen zwischen uns bringen? Wir sind beide schon nicht mehr so jung, ich sehe nicht aus, wie ich gewesen bin, auch du hast dich sicherlich verändert … Zerstöre mir nicht den Traum, lass uns beide einander erinnern, wie wir gewesen sind, jung und schön und liebend …"

„Bitte", er hasste es zu flehen, aber jetzt, wo er sie gefunden hatte, gab es nichts, was er nicht getan hätte, wenn sie nur einverstanden war.

„Wenn du wüsstest, wie viel Aufregung mir deine Bitte verursacht … Aber nein, ich denke, dass es nicht vernünftig wäre, sich wiederzutreffen …"

❧ ❧

Er brauchte nicht viel Zeit, um sich zu überzeugen, dass sie trotz ihrer negativen Antwort einwilligen würde, ihn zu treffen. Hatte sie ihm doch ausdrücklich gesagt, dass sein Wille, zu ihr zu kommen, sie stark aufgeregt habe.

Deshalb würde er zu ihr fahren, komme, was wolle.

Ein Kunstfotograf machte ihm einen Abzug von dem Foto, das auf einem ihrer Ausflüge nach Galiläa neben dem Kloster auf dem Berg der Seligpreisungen aufgenommen worden war. In einem Laden für Bilderrahmen ließ er es geschmackvoll rahmen. Er fügte dem Bild eine Karte bei. Darauf standen vier Worte: „Ich werde niemals vergessen." Danach bat er um Geschenkpapier. Vor seinem geistigen Auge sah er den Augenblick, in dem er ihr das Bild reichen würde. Sie würde das Papier öffnen und vielleicht aufgeregt die Worte sagen, die zu hören er sich so sehnte: „Auch ich werde niemals vergessen …"

Er flog mit einem Nachtflug vom Ben-Gurion-Flughafen ab und landete um sieben Uhr morgens am Kennedy-Flughafen in New York. Ein Taxi brachte ihn zum „Plaza", gegenüber dem Central Park. Sein Zimmer lag, wie er bei der Reservierung gebeten hatte, nicht nur dem Park zugewandt, der weiß war von Schnee, sondern auch der Fifth Avenue. Er wusste, dass sie dort wohnte, in einem der prächtigen Häuser, mit einem herrlichen Baldachin über dem Eingang und mit einem Portier in Uniform und weißen Handschuhen. Eine lange Zeit stand er am Fenster und schaute zu diesen Häusern hinüber, als hoffte er, dass sie aus einer der Türen träte und direkt zu ihm schritte. Dünner Schnee fiel ununterbrochen wie ein Vorhang aus weißen Federn. Die Droschkenpferde wieherten und stampften mit ihren Hufen. Neidisch sah er auf ein Liebespaar, das sich auf dem Rücksitz einer offenen Droschke gegenseitig einhüllte; die Droschke nahm ihren Weg um den Park, ihre Räder hinterließen dunkle Pfade in dem wenigen Schnee auf dem Asphalt.

Genau um zehn Uhr an diesem Morgen hob er den Telefonhörer und wählte ihre Nummer, die er auswendig kannte.

„Guten Morgen", sagte er, „ich bin in New York."

„Ich wusste, dass du kommen würdest", sagte sie. Er nahm die Spannung in ihrer Stimme wahr. „Wo wohnst du?"

Er sagte ihr den Namen des Hotels.

„Das ist wirklich nah bei mir … Wie war die Reise?"

Sie tasteten sich beide um die Frage herum, die noch nicht gestellt war.

„Der Flug war in Ordnung … Auch das Hotel ist angenehm."

„Sehr gut. Wie lange bleibst du?"

Er hielt es als Erster nicht mehr aus. „Ich will dich sehen", sagte er verzweifelt. „Noch heute, wenn es möglich ist." Die Worte kamen unvermittelt, ohne dass er versuchte, die Fassung zurückzugewinnen. „Um unserer damaligen Liebe willen, um meiner jetzigen Liebe willen, gib mir ein paar Minuten von deiner Zeit, das ist alles. Weiter werde ich von dir keine Sache mehr erbitten, für immer ..."

„Lass mich, bitte mich nicht, das zu tun."

„Bitte ... Enttäusche mich nicht. Ich habe so sehr auf diesen Augenblick gewartet."

Sie zögerte und seufzte dann tief. „Okay, morgen um fünf, im Café des ‚Plaza' im ersten Stock. Aber versprich mir, nur ein paar Minuten, in Ordnung?"

Am folgenden Tag nahm er am ersten Tisch rechts vom Eingang des Cafés Platz, und seine Augen spionierten jedem hinterher, der hereinkam. Vier Orchestermusiker im schwarzen Frack spielten Walzer von Strauß, und erfahrene Kellner schwebten mit Sahnetorten und Kaffeekannen zwischen den Tischen hin und her. Er war sehr früh gekommen, aber er hatte sich danach gesehnt, hier zu sein, als würde seine Gegenwart genügen, die Bewegung der Uhrzeiger zu beschleunigen. Bekleidet war er mit einem blauen Tweedsakko und einem hellblauen Hemd ohne Krawatte, sein graues Haar war sorgfältig gekämmt, sein rasiertes Gesicht duftete nach Aftershave. Ruhelos saß er auf dem Korbstuhl, trank einen doppelten Espresso und stellte sich den Augenblick ihrer Begegnung vor: Ob er sie erkennen würde? Ob sie ihn erkennen würde?

In der Zeit, die langsam verstrich, tauchten vor seinem inneren Auge seine Lebensstationen auf und zogen vorüber: die Enttäuschung der Liebe, das Leiden der Einsamkeit, das Altern des Körpers. Er war jetzt hierhergekommen in der tiefen Hoffnung auf ein Erlebnis, das er mit hinüberretten könnte, eine Erregung sich erneuernder Jugend. Wiederum schaute er auf seine Uhr und wiederum schien ihm die Zeit stehen geblieben. Das Orchester spielte jetzt die Unvollendete von Schubert und er dachte bei sich, dass er für seine Liebesgeschichte kein passenderes Stück hätte erwarten können.

Genau um fünf sah er sie, in der Menge der Gäste im Café nach ihm suchend. Auch nach fast fünfzig Jahren konnte er sie leicht ausmachen. Ihre Gestalt war hochgewachsen und schlank geblieben, ihr schwarzes Haar war zu einem Pagenkopf frisiert, der wunderbar zu ihrem schönen Gesicht passte. Das Mädchen, welches sie in seiner Vorstellung all die Jahre geblieben war, steckte nun in der Figur einer reifen, anziehenden Frau. Er staunte, wie sie es schaffte, so jung auszusehen. Als er sich von seinem Platz erhob und sich ihr zuwandte, lächelte sie ihn an und ging auf ihn zu. Verlegen und aufgeregt murmelte er mit trockenem Mund: „Wie schön du bist … Genau wie damals, als wären nicht so viele Jahre vergangen." Sie streifte einen Handschuh ab, reichte ihm ihre warme Hand und setzte sich ihm gegenüber.

Er konnte kein Auge von ihr lassen. Ihre lächelnden, schmalen blauen Augen waren mit demselben Blick auf ihn gerichtet wie damals, vor Jahren.

„Sag es nicht", sagte er. „Ich weiß, dass ich mich verändert habe, das graue Haar, die Falten."

„Du siehst ausgezeichnet aus", sagte sie und er wusste, dass sie es nicht so meinte.

„Erstaunlich, wie die Jahre dich übergangen haben … Du siehst wunderbar aus, glücklich, so ruhig, als hättest du jeden Augenblick in deinem Leben genossen."

„Das sieht nur von außen so aus", sagte sie ruhig.

Der Kellner blieb neben ihrem Tisch stehen und sie bestellten ein leichtes Getränk.

Es war recht gut geheizt. Sie beugte sich zur Seite und legte ihren Mantel ab. Darunter trug sie ein schwarzes Kleid, das ihre Brust sehen ließ, dieselbe wohlgeformte Brust, die nicht aus seiner Erinnerung gewichen war.

„Unsere Liebe wurde an ihrem Höhepunkt abgebrochen", sagte er, während seine Augen jede kleinste Einzelheit in ihrem Gesicht und an ihrem Körper verschlangen. „Mein ganzes Leben habe ich Schmerz empfunden über das Verlassenwerden und habe geträumt, dass du zu mir zurückkehrst ... Ich bin hierhergekommen, weil ich fühlte, dass ich mich mit dir treffen muss und dich so bis zu meinem letzten Tag bewahren muss ..."

„Du sagst wunderbare Sachen ... Ich bin sicher, dass nicht viele Frauen solche Liebesworte hören", sagte sie mit einem Unterton der Verlegenheit. Sie senkte die Augen zum Glas und trank mit langsamen Schlucken.

Die ganze Welt um ihn her, die Musiker, die

Kellner, die vielen Menschen im Café, existierten nicht, bis auf die gerade Gestalt, deren blaue Augen jetzt zögerten, seinen Augen zu begegnen.

Er wollte, dass sie ihm von ihrem Leben der vergangenen Jahre erzählte, in denen sie sich nicht gesehen hatten, machte sich Gedanken über den Mann, den sie geheiratet hatte, ob sie Kinder hatte. Er wusste, dass er sie beneiden würde, wenn sie ihm direkt von ihrer Wertschätzung für ihren Mann erzählen würde. Aber sie schwieg. Alle Worte, die in seinem Gehirn bohrten, waren plötzlich ebenfalls verschwunden.

„Ich bedauere, ich kann nicht länger bleiben ... Du verstehst ..." Sie schaute auf die Uhr, zog ihren Mantel an, reichte ihm wieder die Hand und sagte tonlos: „Ich bitte, dass wir uns nicht mehr treffen ..."

Bevor sie seine Antwort hören konnte, begann sie sich zu entfernen. Mit Bedauern erinnerte er sich daran, dass er ihre Wangen hatte küssen wollen und es nicht geschafft hatte. Mit müden Schritten ging er hinauf in sein Zimmer. Alles, was er jetzt wollte, war, mit der Erinnerung allein zu bleiben, die sie hinterlassen hatte, mit dem Duft des Parfüms, den er noch in der Nase spürte.

In seinem Zimmer, auf dem Tisch, lag das Geschenk, das er ihr mitgebracht hatte. Wie dumm ich bin, schimpfte er mit sich selbst, wie konnte ich es vergessen.

Er ergriff das Geschenk, rannte zum Fahrstuhl und fuhr zum Café hinunter. Ihre letzte Bitte, dass sie sich nicht mehr treffen sollten, hatte er völlig vergessen, als seine Augen mitten in der Menge, im Gang, der zu den goldgelben Metalltüren am Eingang des Hotels führte, nach ihr forschten.

Plötzlich sah er sie, von hinten, wie sie sich neben einem der entfernten Tische im Hintergrund des Cafés bückte. Wieder erkannte er sofort ihre Haltung, ihren Mantel, ihr Haar. Als er sich ihr näherte, erstarrte er plötzlich, und seine Augen folgten überrascht ihrem Tun. Sie knöpfte die Knöpfe des Mantels einer alten Frau zu, deren Gesicht durch Falten von Schmerz und Sorge zerfurcht war. Sie saß auf einem Stuhl am Tisch, neben ihr lehnte ein Gehstock.

„Hast du es geschafft, ihn zu sehen, Mama?", hörte er sie fragen.

Die alte Frau nickte.

„Ich muss dich gut anziehen. Es ist sehr kalt draußen", fügte die Tochter hinzu. Sie nahm einen Schal vom Tisch und als sie ihn um den

Kopf der Frau wand, sah er plötzlich den langen Zopf, den weißen, den Zopf, der einst schwarz wie Kohle gewesen war …

Mit zitternder Hand drückte er das Geschenkpäckchen an seine Brust und wich zurück, achtete vorsichtig darauf, dass keine der beiden ihn bemerkte. Sie traten aus dem Hotel, die Mutter ging langsam, unterstützt durch den Stock und an ihre Tochter gelehnt. Die Gesichter waren ihrem Wohnhaus in der Fifth Avenue zugewandt. Bewegt durch eine wilde Kraft, sich nicht der starken Kälte bewusst, die ungehindert durch seine leichte Kleidung drang, folgte er ihren Spuren auf dem schneebedeckten Pfad. Sie näherten sich dem Haus und der Portier kam heraus, ihnen entgegen.

Die Tochter bemerkte den Beobachter als Erste. Blass und erregt streckte sie ihm die Hände entgegen, als wollte sie ihn aufhalten. „Nein", murmelte sie, „bitte nicht …"

Aber er sah nichts mehr außer der Gestalt, die auf ihrem Stock lehnte. Ruhig, vorsichtig, zitternd und stumm näherte er sich ihr und reichte ihr das Geschenk, das er ihr mitgebracht hatte. Ohne Überraschung blickte sie ihn an, als hätte sie gewusst, dass dies geschehen würde. Er beugte sich zu ihr, streichelte ihre Wange und küsste sie auf ihre Stirn. Ihre geäderte Hand hielt seine Hand mit all ihrer Kraft und große Tränen strömten beiden aus den Augen. Es gab eine lange Minute des Schweigens. Danach senkte sie den Blick, zog sehr langsam ihre Hand aus seiner Hand und nickte ihrer Tochter zu, die sich beeilte, sie zu stützen, als sie in den Hauseingang traten.

Eine lange Zeit blickte er noch zu der Tür, die sich hinter ihnen geschlossen hatte, seine Augen wollten nach innen dringen, noch ein wenig bei der verschwindenden Gestalt der Frau verweilen, die er liebte. In seiner Handfläche spürte er die Wärme ihrer Hand, die immer schwächer wurde, der Kühle der Schneeflocken nachgebend, die so kalt waren, dass man es nicht ertragen konnte.

Zwei Mütter

Feldwebel Udi Schagi ging den Weg ins Büro des Kommandeurs der Brigade mit langsamen Schritten, er wollte sich nicht beeilen. Er hatte keinen Anlass, sich zu beeilen. Denn er wusste, was ihn erwartete, und das gehörte nicht zu der Sorte Dinge, von denen Soldaten wünschen, dass sie ihnen widerfahren.

Als er den Raum des Brigadekommandeurs betrat, stieß dieser einen Seufzer aus und öffnete den dünnen Ordner, der vor ihm lag. Er schaute auf den Text der Anklageschrift, sodann auf den Beschuldigten, der zu ihm beordert worden war, um Rechenschaft über das abzulegen, was er getan hatte. Es war nicht das erste Mal, dass ein Soldat vor ihm zur Verurteilung stand, aber dies war der erste Fall, bei dem es ihm schwerfiel, seine Arbeit zu tun.

„Ich hatte nicht erwartet, Sie hier zu sehen", begann der Kommandeur.

Der Feldwebel schaute auf seine Schuhspitzen, sein Blick wich den tadelnden Augen seines Vorgesetzten aus.

„Sie sind berechtigt, vor mir oder vor dem Befehlshaber der Einheit zur Verurteilung zu stehen. Wen wählen Sie?"

„Ich wähle, vor Ihnen zu stehen."

„Begreifen Sie, wessen Sie schuldig sind?"

Die Körpersprache des Beschuldigten verriet Unbehagen, wie es jemand empfindet, der an einem Ort festsitzt, der ihm missfällt. „Ja, Herr Kommandeur."

„Haben Sie irgendeine Erklärung für das, was Sie getan haben?"

„Nichts, was einleuchtend ist, Herr Kommandeur."

„Sprechen Sie, lassen Sie mich entscheiden."

„Es gibt nichts zu erzählen, Herr Kommandeur."

„Ich kann einfach nicht begreifen, was Ihnen passiert ist. Immer hatte ich gedacht, dass Sie ein vorbildlicher Soldat seien. Immer habe ich gesagt, hätte ich doch viele Soldaten wie Sie, Sie sind ein hervorragender Unteroffizier, Kandidat für den Offizierskurs ..."

„Es tut mir leid, Herr Kommandeur." Er war fest entschlossen, die Wahrheit in seinem Herzen zu bewahren. Ihm schien, dass alles, was er sagen konnte, lächerlich klingen würde, unglaubwürdig, vielleicht würde es sogar ein spöttisches Lachen aus dem Mund des Kommandeurs hervorrufen.

„Wie konnten Sie das nur tun?", fragte der Kommandeur. „Bis heute wurde doch jeder Auftrag, der Ihnen auferlegt wurde, in bestmöglicher Weise ausgeführt. Immer wussten wir, dass man sich auf Sie verlassen kann. Und plötzlich dieser Reinfall … Ich hatte nicht geglaubt, dass dies ausgerechnet Ihnen passieren würde, Ihnen als Befehlshaber einer Eliteeinheit. Sie hätten Ihren Soldaten ein Beispiel geben müssen! Ich habe versucht herauszufinden, was genau dort geschehen ist. Ich habe Ihre Soldaten befragt, aber auch sie begreifen es nicht, es ist mir nicht gelungen, von ihnen ein klares Bild zu erhalten. Sie denken, dass Sie vielleicht plötzlich einen Schock bekommen haben, Sie sollen verwirrt gewirkt haben, sodass Sie sich selbst nicht beherrschen konnten."

„Ich nehme an, dass genau das passiert ist."

„Aber warum, was hat Sie dazu gebracht, die Beherrschung zu verlieren?"

„Wie ich gesagt habe, Kommandeur, bin ich nicht in der Lage, das zu erklären."

Der Kommandeur kratzte sich an der Stirn. „Sie begreifen selbstverständlich: Wenn Sie keine einleuchtende Erklärung zur Hand haben, bin ich gezwungen, Ihnen eine Strafe aufzuerlegen."

„Ich weiß, Herr Kommandeur."

„Bekennen Sie sich schuldig?"

„Ja."

Der Kommandeur notierte schnell ein paar Zeilen auf einem Blatt Papier, das vor ihm lag, und las dann laut vor, was er geschrieben hatte: „Ich habe den Feldwebel Udi Schagi in einem Fall der Befehlsverweigerung verurteilt. Ich sehe diese Übertretung als besonders schwerwiegend an, vor allem, weil sie während der Ausführung eines Kampfeinsatzes auf feindlichem Gebiet begangen wurde. Wegen der einwandfreien Vergangenheit des Beschuldigten und der Tatsache, dass er Befehlshaber einer Eliteeinheit ist, habe ich entschieden, diesmal auf ihn Rücksicht zu nehmen und ihm lediglich dreißig Tage Ausgangssperre aufzuerlegen. In diesem Zeitraum wird er an keinem Einsatz der Einheit teilnehmen."

Dreißig Tage in der Kaserne zu bleiben, ohne Urlaubstage, ohne Besuche, ohne militärische Operationen, das war eine besonders schwere Strafe für einen, der zu den Soldaten einer Eliteeinheit zählte, die Tag für Tag und Nacht für Nacht zu Verfolgungsjagden nach Terroristen in feindliche Gebiete hinauszog. Ausgangssperre unter solchen Umständen war nicht nur eine Strafe, es war auch eine Beleidigung.

Mit dem Gefühl, unter einer quälenden Last zu sein, folgte Udi im Geiste seinen Kameraden, die zu einem Einsatz hinauszogen, während er selbst zurückblieb, allein, ohne Rechte. Er dachte viel an das, was ihm widerfahren war, fragte sich, ob er anders handeln würde, wenn er heute zum selben Einsatz geschickt würde, und wusste, dass er wieder genauso handeln würde, auch wenn ihm klar wäre, dass er in dieser Weise bestraft werden würde.

Als er nach Hause telefonierte, verschwieg er die Wahrheit, erzählte nur, dass es ihm die Lage nicht erlaube, in Urlaub zu gehen. Sein Vater sagte, nicht schlimm, auch er sei ganze Wochen lang nicht nach Hause gekommen, als er bei den Fallschirmjägern diente. „Hauptsache, sie sorgen für möglichst viele Prostituierte, hörst du?", rief er und lachte.

Und seine Mutter bat besorgt: „Pass auf dich auf, ruf uns oft an."

∽ ∾

Einen Monat später, nachdem er die Strafe abgebüßt hatte, bekam er für ein Wochenende Urlaub. Zu Hause wartete eine Schabbat-Abendmahlzeit auf ihn, mit einem weißen

Tischtuch und Speisen, die er liebte. Seine Mutter, sein Vater und sein kleiner Bruder saßen am Tisch und erhoben auf ihn ein Glas mit Wein.

„Erzähl, erzähl", bat sein Vater eindringlich. „Einen Monat warst du nicht zu Hause, sicher bist du zu vielen Einsätzen hinausgezogen, verrate uns, wen ihr gepiesackt habt, wen ihr gefasst habt."

„Ich war bei keinem Einsatz", sagte Udi mit gesenktem Kopf.

Der Vater richtete einen erstaunten Blick auf ihn. „Was heißt das? Hat man dich zu einer anderen Einheit versetzt?"

„Man hat mich nicht versetzt. Ich habe eine Strafe abgesessen. Ausgangssperre für einen Monat."

„Aber du hast am Telefon gesagt, dass ...", rief seine Mutter.

„Ich wollte es euch nicht am Telefon erzählen, ich wollte es von Angesicht zu Angesicht tun."

„Aber was ist passiert, wofür hat man dich bestraft?" Ein Unterton von Ärger schwang in der Stimme seines Vaters mit. Während seines gesamten Dienstes bei den Fallschirmjägern war nicht eine einzige Übertretung zu seinen Lasten verbucht worden.

„Nur eine Dummheit. Ich habe einen Befehl nicht ausgeführt."

„Das Nichtausführen eines Befehls ist nicht einfach eine Dummheit." Die Augen seines Vaters schossen zornige Pfeile ab.

„Ich habe mich nicht gerade verweigert, ich habe es einfach nicht geschafft, den Befehl auszuführen."

„Warum? Was hat dich gestört?"

„Die Wahrheit ist, dass ich nicht weiß, was mir widerfahren ist … Eines Nachts sind wir zu einem Routineeinsatz bei Nablus rausgefahren. Eine Bande von drei Terroristen legte uns einen Hinterhalt und begann, auf uns zu schießen. Wir schafften es, sie alle zu töten, ohne dass sie uns trafen. Am folgenden Tag wurde meine Einheit in das Dorf geschickt, aus dem die Terroristen gekommen waren, um ihre Häuser in die Luft zu sprengen. Zwei Häuser sprengten wir ohne Probleme, nachdem wir die Familien evakuiert hatten, die darin wohnten. Im dritten Haus fanden wir ein erwachsenes Paar, die Eltern eines der Mitglieder der Bande. Die Mutter, die schon vom Tod ihres Sohnes wusste, lag zusammengesunken auf dem Sofa und hörte nicht auf zu weinen. Ihr Mann saß neben ihr und schwieg. Der Befehl, den ich erhalten hatte, war, sie zuerst aus dem Haus zu vertreiben, danach dort Sprengstoff zu deponieren und es zu zerstören. Ich teilte den Eltern des Terroristen mit, dass sie ihre persönlichen Dinge zusammenpacken und innerhalb von zehn Minuten verschwinden müssten. Der Vater sah mich an und schwieg weiter, die Mutter weinte weiter, und dann hob sie plötzlich die Augen zu mir. Im selben Augenblick fühlte ich mich, als ob mich ein Blitz getroffen hätte. Ein Zittern überkam mich, ich klebte am Boden, als hätte man mich festgenagelt. Ich konnte nichts machen, nicht meinen Soldaten sagen, sie sollten dieses Ehepaar von dort entfernen und das Haus in die Luft sprengen."

„Und was geschah dann?", wollte der Vater wissen.

„Ich habe mich einfach umgedreht und bin mit meiner Einheit rausgegangen, ohne etwas zu machen. Mein Brigadekommandeur hat mich vor Gericht gestellt und dreißig Tage Arrest über mich verhängt."

„Was ist dir passiert?", scherzte sein Vater. „Bist du mir plötzlich zu einem linken Schöngeist geworden? Hattest du Mitleid mit der Mutter, deren Sohn dich hatte töten wollen? Du weißt, wie es heißt: Wenn jemand mit einer Tötungsabsicht zu dir kommt, dann hast du das Recht, ihn vorher zu töten."

„Lass ihn", mischte sich die Mutter ein. „Wenn er getan hat, was er getan hat, hatte er dafür sicherlich einen guten Grund."

„Ich hatte einen dummen Grund", sagte Udi. „Sogar dem Kommandeur, der mich verurteilt hat, habe ich nicht gewagt, davon zu erzählen."

„Was war es?", fragte der Vater, nach irgendeinem Grund suchend, der die Schwere der Schande erleichtern würde.

„Ach lass, komm, vergessen wir das."

„Nein, erzähl es uns."

„Es reicht, Papa."

꒱ ꒰

Als sich die Mahlzeit ihrem Ende zuneigte und die Mutter ging, um den kleinen Bruder schlafen zu legen, fragte der Vater seinen Sohn mit einem besorgten Unterton, ob man ihn jetzt, nach dieser Strafe, in derselben Eliteeinheit würde bleiben lassen, in der er gewesen war.

„Ich kehre am Sonntag dorthin zurück", antwortete der Sohn. „Man hat mir schon mitgeteilt, dass alles in Ordnung ist."

Er verabschiedete sich von seinen Eltern, ging

mit Freunden aus und kam erst nach Mitternacht zurück. Still ging er in sein Zimmer und machte dort das Licht an. Sofort danach hörte er ein leises Klopfen an der Tür. Seine Mutter kam mit einem Tablett mit Obst und Schokoladenstückchen herein.

„Was soll das sein?", rief er überrascht.

„Einen Monat warst du nicht hier, ich habe dich nicht verwöhnt. Du hast es verdient."

Udi nahm zwei Stück Schokolade auf einmal und lutschte daran mit Genuss. „Setz dich hin", sagte er.

Seine Mutter setzte sich neben ihm auf das Sofa.

„Möchtest du, dass ich dir erzähle, was in jener Ortschaft passiert ist?" Er spürte, dass er die Last, die auf ihm lag, abladen musste, und er wusste, dass seine Mutter sein Herz verstehen würde.

Erstaunen stand in ihren Augen. „Warum hast du es nicht am Tisch erzählt?"

„Weil ich Angst hatte, dass sich Papa über mich lustig machen würde … Er sagte mir, dass ich Mitleid mit der Mutter des Terroristen gehabt hätte. Na und? Wenn ich einem Mitleid nachgegeben hätte, dann wäre ich in meiner Einheit am falschen Platz, ich könnte nicht zu

Einsätzen ausziehen, Terroristen festnehmen, töten, wenn es nötig ist."

„Was ist also passiert? Erzähle. Ich höre zu."

„Es war so: Als diese Frau mich anschaute, sah ich zu meinem Schrecken, dass ich sie kannte. Ich musste nicht darüber nachdenken, an wen sie mich erinnerte. Es war klar. Sie war dir ähnlich, Mama, wie sich zwei Wassertropfen ähnlich sind. Das gleiche Gesicht und Haar, der gleiche Körper, die gleiche Größe, die gleiche Hautfarbe, die gleiche Augenfarbe … Hättest du das geglaubt?"

Ein seltsamer Seufzer entrang sich ihrem Mund. Sie erbleichte und atmete schwer. Tränen legten sich wie ein Film über ihre Augen.

„Mama, was soll das? Sag mir nur nicht, dass du plötzlich Mitleid mit ihr hast."

„Ich habe kein Mitleid", sagte sie fast flüsternd. „Ich stelle mir nur vor, wie du dich gefühlt hast."

„Ich spürte eine Art Schwäche im Körper, ich habe gedacht, sie sei du und ihr Sohn quasi dein Sohn, und dass ich nicht in der Lage sein würde, meiner Mutter das Haus zu zerstören …"

⁊ ⁊

Am Sonntag vor Sonnenaufgang kehrte er zu seinem Stützpunkt zurück. In dieser Woche gab es besonders viele Kampfeinsätze, und die Begegnung mit der Mutter des Terroristen geriet in seinem Herzen fast völlig in Vergessenheit. Im Laufe der Woche führte die Einheit Verfolgungsjagden nach gesuchten Terroristen durch, in einigen Ortschaften gab es Festnahmen. Mehr als einmal wurden auf die Soldaten Schüsse von Verstecken aus abgegeben, zwei von ihnen wurden leicht verletzt. Sie arbeiteten hart, aßen Gefechtsverpflegung, konnten nachts nur ein paar Stunden schlafen.

Nach zwei Wochen, als er erneut zum Wochenendurlaub nach Hause kam, ging Udi ins Bett und schlief vor lauter Müdigkeit einen ganzen Tag lang. Als er erwachte, rief ihn seine Mutter zum Essen.

Am Tisch begrüßte ihn sein Vater. „Wie war es?", wollte er wissen.

„Schwer."

„Was habt ihr gemacht?"

„Wie üblich: Verfolgungsjagden, Hinterhalte, Festnahmen."

„Ist alles in Frieden vorübergegangen? Ohne Urteile?", versuchte der Vater zu scherzen.

„Ohne Urteile", sagte Udi. Auch er lächelte.

Seine Mutter begleitete ihn in sein Zimmer. Neben der Tür fragte sie: „Sag, wie heißt die Ortschaft, in der jene Frau wohnt?"

„Welche Frau?" Er hatte es schon geschafft zu vergessen.

„Die Mutter des Terroristen."

„Ich sehe, dass die Geschichte einen großen Eindruck auf dich gemacht hat", lächelte er.

„Ja. Ich habe viel daran gedacht."

„Hawara", sagte er, „der Name der Ortschaft ist Hawara."

„Erinnerst du dich an ihren Familiennamen?"

„Muhsin."

„Vorname?"

„Weiß ich nicht. Mir scheint, dass der Mann Ali oder so ähnlich hieß."

„Und wie sah er aus?"

„Groß, dick, mit einem kleinen Schnurrbart."

Die Mutter stand von ihrem Platz auf und schleppte sich mit Mühe in ein anderes Zimmer. Während er sich noch über ihre Reaktion wunderte, kam sie mit einem weißen Umschlag in der Hand zu ihm zurück. Es zuckte um ihre Mundwinkel.

„Ich möchte dir etwas zeigen", sagte sie und setzte sich auf sein Bett. Aus dem Umschlag zog sie eine alte Schwarz-Weiß-Fotografie und reichte sie ihm. Darauf waren zwei etwa zwanzigjährige junge Frauen in Badekleidung am Strand zu sehen. Sie lächelten in die Kamera, und ihm fiel auf, dass die beiden sich völlig glichen. Eine der beiden war seine Mutter. Im Familienalbum hatte er schon Bilder von ihr gesehen, als sie jung war, aber noch nie hatte er ein solches Bild gesehen. „Ich habe es so versteckt, dass es niemand finden kann", sagte sie mit ruhiger Stimme.

„Bist das du und ... jene Frau?", fragte er unwillig.

„Ja ... Im Laufe der zwei Wochen, in denen du nicht hier warst, konnte ich keine Nacht schlafen. Ich hatte das Gefühl, in Stücke zerrissen zu werden. Die ganze Zeit habe ich mich gefragt, ob ich es dir erzählen soll oder nicht. Ich fühlte mich, als ob Kräfte, die stärker waren als ich, mich zwangen, mich wieder dem auszusetzen, was ich versucht hatte zu vergessen ..."

„Wovon redest du, Mama?" Er umklammerte aufgeregt ihren Arm.

Sie sah ihn an, als würde sie mit einer weit entfernten Person sprechen. „Ich denke, dass deine Begegnung mit dieser Frau nicht nur einfach so geschehen ist. Ich denke, dass es ein Zeichen vom Himmel war, das zu mir gesendet wurde, eine Art Zeichen, das sagt, dass ich dir das Geheimnis preisgeben kann, das ich all die Jahre bewahrt habe."

„Welches Geheimnis?!"

„Ali, ihr Ehemann", seine Mutter senkte die Stimme, „hat vor fünfundzwanzig Jahren bei einem jüdischen Unternehmer in Jerusalem gearbeitet. Er war ein treuer und geradliniger Abteilungsleiter. Meine Zwillingsschwester arbeitete beim selben Unternehmer."

„Deine Zwillingsschwester?", entsetzte sich Udi. „Ich wusste nicht, dass du eine Zwillingsschwester hattest. Ich dachte, du wärst ein Einzelkind."

„Nur wenige wissen es. Meine Eltern, dein Großvater und deine Großmutter, haben ihn boykottiert, nachdem meine Schwester ihn geheiratet hatte und in sein Dorf gezogen war, sie haben sogar über ihr Schiwe⁵ gesessen. Für sie war meine Schwester gestorben."

Er bekam vor Erstaunen keine Luft mehr. „Wie konntest du dieses Geheimnis all die Zeit für dich behalten, Mama?"

„Dein Opa und deine Oma haben mich da-

---

⁵ Sieben Tage der Trauer um einen Toten (d. Übers.).

rum gebeten, dass ich niemals mit irgendjemandem darüber sprechen sollte, solange sie am Leben sind, aber jetzt, wo du mir erzählt hast, dass du sie getroffen hast und was dir passiert ist, konnte ich mich nicht mehr zurückhalten. Ich musste dir die Wahrheit enthüllen."

„Was hat Papa dazu gesagt?"

„Er weiß es nicht. Es ist vor unserer Hochzeit passiert. Ich habe den Willen meiner Eltern respektiert, dass niemand davon wissen sollte."

„Deine Schwester hat seither nicht versucht, mit euch in Kontakt zu treten?"

„Ein einziges Mal hat sie Opa und Oma angerufen, aber sie wollten nicht mit ihr sprechen."

„Wie konntet ihr nur?" Die Stirn des Sohnes bedeckte sich mit Schweiß. „Schließlich ist sie deine Schwester. Wenn nicht deine Eltern, dann hättest wenigstens du dich mit ihr treffen können. Warum hast du das nicht getan?"

„Ich konnte nicht. Es hätte Opa und Oma umgebracht. Diese Sache schmerzt sie bis heute."

„Und was wird jetzt? Willst du sie sehen?"

Sie wurde verlegen. „Ich weiß es nicht", sagte sie. „Meine Eltern und auch dein Vater werden das nicht mögen. Außerdem war ihr Sohn ein Terrorist, der dich töten wollte. Es ist nur Glück, dass du am Leben geblieben bist und nicht er. Ich wage nicht daran zu denken, was uns passiert wäre, wenn er – Gott bewahre – Erfolg gehabt hätte."

„Na und? Werden wir weiter schweigen?"

„Ja, Kind, wir werden schweigen. Es gibt Geheimnisse, die du mit ins Grab nehmen musst, denn wenn du sie aufdeckst, zerstören sie dein Leben …"

Sie raffte sich mit einer erschöpften Bewegung vom Sofa auf. „Gute Nacht", sagte sie.

„Lass das Bild bei mir. In Ordnung?"

Sie reichte ihm wortlos die Fotografie.

„Gute Nacht, Mama."

☙ ❧

Die ganze Nacht konnte er kein Auge zutun. Die Nachricht, dass die Mutter des Terroristen seine Tante war, ließ ihn nicht los. Die Tränen, die aus ihren Augen geflossen waren, der Anblick ihres Gesichts, die Bewegungen ihres Körpers verfolgten ihn ohne Unterbrechung. Er hatte keinen Zweifel, dass das Schicksal sie sich absichtlich hatte treffen lassen, um einen tiefen Abgrund vieler Jahre der Entfremdung zu überbrücken.

Am Anfang der Woche kehrte er mit dem Foto von seiner Mutter und deren Zwillingsschwester zu seiner Einheit zurück. In jeder freien Minute sah er es an, versuchte, weitere Einzelheiten aufzudecken, die vor ihm verborgen gewesen waren, sich zu fragen, ob alles hätte anders kommen können.

Einige Tage später kehrte er mit seiner Einheit nach Hawara zurück. Ihnen war auferlegt, einen weiteren der terroristischen Tätigkeit Verdächtigen zu fassen. Sie suchten ihn unter der Anschrift, die ihnen gegeben worden war, und nahmen ihn dort fest.

Danach machte er sich auf, das Haus seiner Tante zu suchen, aber es stand schon nicht mehr auf seinem Hügel. Ein Haufen von Steinen und Möbeln lag dort. Er klopfte an die Tür der Nachbarn und fragte, wo sich die Hausbesitzer befänden. Sie weigerten sich, es ihm zu sagen. Nur nachdem er geschworen hatte, dass er den Leuten, die er suchte, nichts Böses tun würde, nannten sie ihm die neue Anschrift in einem der nahe gelegenen Häuser.

Ohne dass er wusste, warum, trugen ihn seine Füße dorthin. Die Frau, die er kannte, öffnete ihm die Tür und sah ihn hasserfüllt an. Seine Hand reichte ihr das Foto, das er von seiner Mutter mitgenommen hatte.

„Nehmen Sie es bitte, ich bin der Sohn Ihrer Schwester", sagte er auf Hebräisch.

Sie ließ einen langen Blick über die Fotografie gleiten und für einen Augenblick hatte er den Eindruck, in ihren Augen einen Ausdruck von Sehnsucht nach der Welt ihrer Jugend zu sehen, nach der Umarmung ihrer Zwillingsschwester am Meeresstrand, nach Zeiten ohne Kriege und den Verlust von Kindern.

Ihr Mann kam aus dem Haus und sah hinter ihrem Rücken auf das Bild, schaute abwechselnd auf das Foto und auf den Soldaten. Sein Mund war verschlossen. Die Hände der Frau streckten sich nach der in der Nähe stehenden Kommode aus. Es gab dort ein Bild von einem Jungen in einem schwarzen Rahmen. Sie nahm es vorsichtig und brachte das Bild ihres Sohnes näher an Udis Gesicht.

„Das ist Mussa, mein Sohn", antwortete sie ihm auf Hebräisch, und ihre schmerzvolle Stimme war wie die Stimme seiner Mutter. „Als er geboren wurde, habe ich meine Eltern angerufen; ich wünschte, dass sie das Kind sehen. Sie haben den Hörer hingeworfen."

Er sah die Fotografie an, und wieder, wie beim ersten Mal, als er diese Frau gesehen hatte, zitterten seine Knie. Das Gesicht, das aus dem Foto herausblickte, hatte eine starke Ähnlichkeit mit ihm selbst.

„Unser Sohn war in Ihrem Alter", fügte sie hinzu. „In einer normalen Welt hättet ihr sogar Freunde sein können … Sagen Sie mir, warum er tot ist."

„Er hat auf uns geschossen, wir hatten keine Wahl …"

Mit einer dünnen und zerbrechlichen Hand – wie die seiner Mutter – legte sie das Bild von seiner Mutter und ihr in Udis Hände – und das Foto ihres Sohnes stellte sie auf die Kommode zurück. „Ausgerechnet Sie mussten ihn töten?", fragte sie leise und noch bevor er antworten konnte, drehte sie sich um und verschwand mit ihrem Mann in einem der dunklen Zimmer des Hauses.

Der Autor

Ram Oren, geboren 1936, steht seit Jahren an der Spitze der israelischen Bestsellerlisten. Der Jurist, Verleger und langjähriger Mitarbeiter der größten israelischen Tageszeitung „Jediot Acharonot" gilt als der „israelische Grisham". Seine Bücher waren alle außerordentlich erfolgreich (über eine Million verkaufte Exemplare in Israel). Ram Oren lebt in Tel Aviv.

Ram Oren

Für dich
habe ich es gewagt

Ein Kind, ein Versprechen
und eine dramatische
Rettung

3. Auflage
325 Seiten, gebunden
ISBN 978-3-7655-1767-9

1938 kommt Gertruda als Kinderfrau in eine
reiche jüdische Familie nach Warschau. Micha-
el, das einzige Kind, ist zwei Jahre alt. Schnell
gewinnt sie den Jungen lieb wie ein eigenes
Kind. Als die deutschen Truppen ein Jahr später
Polen überfallen, beginnt eine dramatische Geschichte von Liebe, Angst, Tod und Hoffnung ...

*„Diese wahre Geschichte ist mit beeindruckendem
Talent und großer Spannung geschrieben. Sie wird
viele berühren."*
Elie Wiesel, Schriftsteller, Holocaust-Überlebender,
Friedensnobelpreisträger

www.brunnen-verlag.de